U0506017

文
景

Horizon

Thomas
Bernhard

波斯女人·制帽匠

Ja
Der Hutmacher

[奥地利] 托马斯·伯恩哈德 著

马文韬 译

上海人民出版社

目　录

特立独行的伯恩哈德——伯恩哈德作品集总序

托马斯·伯恩哈德（1931—1989）是奥地利最有争议的作家，对他有很多称谓：阿尔卑斯山的贝克特、灾难作家、死亡作家、社会批评家、敌视人类的作家、以批判奥地利为职业的作家、夸张艺术家、语言音乐家等。我以为伯恩哈德是一位真正富有个性的作家。叔本华曾写道："每个人其实都戴着一张面具和扮演一个角色。总的来说，我们全部的社会生活就是一出持续上演的喜剧。"[1]伯恩哈德是一位憎恨面具的人。诚然，在现实社会中，绝对无遮拦是不可能的，正如伯恩哈德所说："您不会清早起来一丝不挂就离开房间到饭店大厅，也许您很愿意这样做，但您知道是不可以这样做的。"[2]是否可以说，伯恩哈德是一个经常丢掉面具的人。1968年在隆重的奥地利国家文学奖颁奖仪式上，作为获奖者的伯恩哈德在致辞时一开始便说"想到死

---

1 叔本华：《叔本华思想随笔》，韦启昌译，上海人民出版社，2003年，第106页。

2 Thomas Bernhard, *Eine Begegnung: Gespräche mit Krista Fleischmann*, Suhrkamp, 2006, p.43.

亡，一切都是可笑的"，接着便如他在其作品中常做的那样批评奥地利，说"国家注定是一个不断走向崩溃的造物，人民注定是卑劣和弱智……"，结果可想而知，文化部长拂袖而去，文化界名流也相继退场，颁奖会不欢而散。第二天报纸载文称伯恩哈德"狂妄"，是"玷污自己家园的人"。同年伯恩哈德获安东·维尔德甘斯奖，颁奖机构奥地利工业家协会放弃公开举行仪式，私下里把奖金和证书寄给了他。自 1963 年发表第一部长篇散文作品《严寒》后，伯恩哈德平均每年都有一两部作品问世，1970 年便获德国文学最高奖——毕希纳奖。自 1970 年代中期，他公开宣布不接受任何文学奖，他曾被德国国际笔会主席先后两次提名为诺贝尔文学奖候选人，他说如果获得此奖他也会拒绝接受。不俗的文学成就，使他登上文坛不久便拥有了保持独立品格所必要的物质基础，使他能够做到不媚俗，不迎合市场，不逢迎权势，不为名利所诱惑，他是一个连家庭羁绊也没有的、真正意义上的富有个性的自由人。如伯恩哈德所说："尽可能做到不依赖任何人和事，这是第一前提，只有这样才能自作主张，我行我素。"他说："只有真正独立的人，才能从根本上做到真正把书写好。"[1] "想到死亡，一切都是

1　Thomas Bernhard, *Eine Begegnung: Gespräche mit Krista Fleischmann*, Suhrkamp, 2006, p.110.

可笑的。"伯恩哈德确曾很早就与死神打过交道。1931年，怀有身孕的未婚母亲专门到荷兰生下了他，然后为不耽误打工挣钱，把新生儿交给陌生人照料，伯恩哈德上学进的是德国纳粹时代的学校，甚至被关进特教所。1945年后在萨尔茨堡读天主教学校，伯恩哈德认为，那里的教育与纳粹教育方式如出一辙。不久他便弃学去店铺里当学徒。没有爱的、屈辱的童年曾使他一度产生自杀的念头。多亏在外祖父身边度过的、充满阳光的短暂岁月，让他生存下来。但长期身心备受折磨的伯恩哈德，在青年时代伊始便染上肺病，曾被医生宣判了"死刑"，他亲历了人在肉体和精神瓦解崩溃过程中的毛骨悚然的惨状。根据以上这些经历，他后来写了自传性散文系列《原因》《地下室》《呼吸》《寒冷》和《一个孩子》。躺在病床上，为抵御恐惧和寂寞他开始了写作，对他来说，写作从一开始就成为维持生存的手段。伯恩哈德幸运地摆脱了死神，同时与写作结下不解之缘。在写作的练习阶段，又作为报纸记者工作了很长时间，尤其是报道法庭审讯的工作，让他进一步认识了社会，看到面具下的真相。他的自身成长过程和社会经历构成了他写作的根基。

说到奥地利文学，在第二次世界大战后，要首先提到两位作家的名字，这就是托马斯·伯恩哈德和彼得·汉德克，他们都在1960年代登上德语国家文坛。伯恩哈德1963年发表《严寒》引起文坛瞩目，英格博格·巴赫曼在论及伯恩哈德1960年代的小说创作时说："多年以来人们在询问新文学是什么样子，今天在伯恩哈德这里我们看到了它。"汉德克1966年以他的剧本《骂观众》把批评的矛头对准传统戏剧，指出戏剧表现世界应该不是以形象而是以语言；世界不是存在于语言之外，而是存在于语言本身；只有通过语言才能粉碎由语言所建构起来的、似乎固定不变的世界图像。伯恩哈德和汉德克的不俗表现使他们不久就被排进德语国家重要作家之列，并先后于1970年和1973年获得最重要的德国文学奖——毕希纳奖。如果说直到这个时期两位作家几乎并肩齐名，那么到了1980年代，伯恩哈德的小说、自传体散文以及戏剧的成就，特别是在他去世后的1990年代，超过了汉德克，使他成为奥地利最有名的作家。正如德国文学评论家赖希-拉尼茨基所说："最能代表当代奥地利文学的只有伯恩哈德，他同时也是我们这个时代德语文学的核心人物之一。"伯恩哈德创作甚丰，他18岁开始写作，40年中创作了5部诗集、27部长短篇散文作品（亦称小说）、18部戏剧作品，以及150多篇文章。他的作品已译成40多种文字，一些主要作品如《历代大师》《伐木》《消除》《维特根斯坦的侄子》等发行量早已超过10万册，他的戏剧作品曾在世界各大主要剧场上演。伯恩哈德逝世后，他的戏剧作品在不断增加，原本被称为散文作品或小说的《严寒》《维特根斯坦的侄子》《水泥地》和《历代大师》等先后被搬上了舞台。

以批判的方式关注人生（生存和生存危机）和社会现实（人道与社会变革）是奥地利文学的传统，伯恩哈德是这个文学链条上的重要一环。如果说霍夫曼斯塔尔指出了普鲁士式的僵化，霍尔瓦特抨击了市侩习性，穆齐尔揭露了典型的动摇不定、看风使舵的卑劣，那么伯恩哈德则剖析了习惯的力量，讽喻了对存在所采取的愚钝的、不加任何审视和批评的态度。他写疾病、震惊和恐惧，写痛苦和死亡。他的作品让人们看到形形色色的生存危机，以及为维护自我而进行的各种各样的努力和奋斗。这应该说不是文学的新课题，但伯恩哈德的表现方法与众不同，既不同于卡夫卡笔下的悖谬与隐喻，也不同于荒诞派所表现的要求回答意义与世界反理性沉默之间的对峙。伯恩哈德把他散文和戏剧中人物的意图和行为方式推向极端，把他们那些总是受到威胁、受到质疑的绝对目标，他们的典型的仪式，最终同失败、可悲或死亡联系在一起。他们时而妄自尊大，时而失落可怜；他们所面临的深渊越艰险，在努力逃避时就越狼狈。如果说伯恩哈德早期作品中笼罩着较浓重的冷

5

漠和严寒气氛，充斥着太多的痛苦、绝望和死亡，那么在后期作品中，他常常运用的、导致怪诞的夸张中，包含着巧妙的具有挑战性的幽默和讽刺。这种夸张来自严重得几乎令人绝望的生存危机，反过来它也是让世界和人变得可以忍受的唯一的途径。伯恩哈德通过作品中的人物说，我们只有把世界和其中的生活弄得滑稽可笑，我们才能生活下去，没有更好的方法。从这个意义上说，夸张也是克服生存危机的主要手段。

让我们先概略地了解一下他的主要作品的内容，虽然介绍作品的大致情节实际上不能很好地说明他的作品，因为他的作品，无论有时也称作小说的散文，还是戏剧，都不注重情节的建构。

他的成名作是小说《严寒》(1963)，情节很简单：外科大夫委托实习生去荒凉的山村观察隐居在那里的他的兄弟——画家施特劳赫。26天的观察日记和6封信就是这部小说的内容，作为故事讲述者的实习生，随着观察感到越来越被画家的思路所征服，好像进入了他的世界。通过不断地引用画家的话，他的独白，展示了他的彷徨、迷惘，他的痛苦和绝望。他不能像他做医生的兄弟那样有成就，因为他的敏感和他的想象使他无法忍受自然环境的残暴。建造工厂带来的污染使他呼吸不畅；战争中大屠杀留下的埋人坑，让他感到空气似乎都因死者的叫喊而震颤。孤独、失败和恐惧使他愤懑，于是他便用漫无边际的谩骂和攻击来解脱。最后他失踪在冰天雪地里。事实表明，他的疾病是精神上的，他整个人都在瓦解，好像在洪水冲刷下大山的解体。

他的第二部长篇《精神错乱》（1967）可以作为第一部长篇的延伸，是直面瓦解和死亡的一部作品。医生欲让读大学的儿子了解真实的世界，便带他出诊。年轻人客观地叙述他所见到的充满愚钝、疾病、苦痛、疯癫和暴力的世界。他所见到的人，或者肉体在瓦解、在腐烂，如磨坊主一家；或者像把自己关在城堡里的、精神近于错乱的侯爵骚劳，他见到医生无法自制，滔滔不绝讲述起世界的可怕和无法理解。这个世界是一座死亡的学校，到处是冰冷、病态、癫狂和混乱，树林上空飞着鲨鱼，人们呼吸的是符号和数字，概念成了我们世界的形式。骚劳侯爵那段长达100多页的独白，像是精神分裂者颠三倒四的胡说八道，实际上是为了呼吸不停顿、为了免得窒息而亡的生存方式。长篇《石灰厂》（1970）的主人公退居到一个废弃的石灰厂里从事毕生所追求的关于听觉的试验。在深知自己无力完成这项试验后，他杀死了残疾的妻子，结束了自己的生命。长篇《修改》（1975）中，家道殷实的主人公不去管理家业，却专心致志耗费大量资金为妹妹造一座圆锥体建筑物，建

7

成后，妹妹走进去却突然死亡。一心想让妹妹在此建筑中幸福生活的建造者，也随之结束了自己的生命。《水泥地》（1982）的主人公计划写一篇关于一位作曲家的学术论文，但姐姐的来访和离去都使他无法安心写作，于是他便出去旅行，期望能在旅行中安静思考。在旅馆里他想起一年半前在此度假的一个不幸的女人，她的丈夫在假期中坠楼身亡。主人公到墓地发现，墓碑上这个男人姓名的旁边竟然刻着那女人的名字。回到旅馆后他心中再也无法平静。音乐评论家雷格尔是《历代大师》（1985）的主人公，定期到艺术史博物馆坐在展览厅里注视同一幅油画。他认为只要下功夫去寻找，任何大师的名作都有缺点，而只有找出他们的缺点，他们才是可以忍受的。他恨他们同时他又感谢他们，是他们使他留在了这个世界上。但当他的妻子去世时，他才发现，使自己生活在这个世界上这么久的其实不是历代大师，而是他的妻子，他唯一的亲人。《消除》（1986）的主人公木劳为拯救他的精神生活，必须离开他成长的家乡。由于父母（当过纳粹）和兄弟遇车祸死亡，他不得不返乡。这次逗留使他看得更清楚，必须永远离开他的出生之地。他决定去描写家乡，目的是打破普遍存在的对纳粹那段历史的沉默，把所描写的一切消除掉，包括一切对家乡的理解和家乡的一切。《消除》使人想起了许多纳粹时代的、人们业已忘记了的罪行。传统的权威式教育，以及天主教与哈布斯堡王朝的合作，伤害了人们的思考能力，奥地利民族丧失了精神，成为彻底的音乐民族。

以破坏故事著称的伯恩哈德，他那有时也被称为小说的长篇散文当然没有起伏跌宕的情节，但是他对人们弱点的揶揄，对世间弊端的针砭，对伤害人性的习俗和制度的抨击，对人生的感悟，的确能吸引读者，让读者在阅读过程的每个片段都能得到启发。比如《水泥地》中对医生的批评，对慈善机构的斥责，对所谓对动物之爱的质疑，以及对不赡养老人的晚辈的讽刺；《历代大师》中对艺术人生的感悟，对社会上林林总总文化现象的思索，对社会进步的怀疑——吃的食物是化学元素，听的音乐是工业产品，以及对繁琐、冷漠的官僚机构的痛斥，等等。伯恩哈德作品的另一特点是诙谐和揶揄，把夸张作为艺术手段。比如对于《历代大师》中对包括歌德和莫扎特在内的大师们的恶评，在阅读时就不能断章取义，也不能停留在字面上，应该读出作者的用心，一方面是让人破除迷信，另一方面以此披露艺术评论家的心态，揶揄他们克服生存危机的方式。他对家乡、对他的祖国奥地利大段大段的抨击也是如此。奥地利不是像作品中所说的纳粹国家，但纳粹的影响确实没有完全消除；维也纳不是天才的坟墓，但这里的狭隘和成见也的确让许多天才艺术家出走。他的小说不能催人泪下，但能让你忍俊不禁，让你读到在别人的小说里绝对读不到的文字，从而思路开阔，有所感悟。

伯恩哈德的戏剧作品中主人公维护自尊自立、寻求克服生存危机的方式，不像他小说的主人公那样，把自己关闭在一个地方离群索居，或在广漠的乡村，或在一座孤立的建筑物中，不能不为一个计划、一个目标全力以赴，其结局或者怪诞，或者遭遇不幸和失败；而是运用仪式和活动，他们需要别人参加，而这些人到头来并不买账，于是主人公的意图、追求的目标往往以失败告终。比如他的第一个剧本《鲍里斯的节日》（1970）中，主人公是一个失去双腿的女人，她把失去双腿的鲍里斯从残疾人收养院里接了出来并与其结婚。女人强烈地想要摆脱不能独立、只能依赖他人的处境，于是便举行庆祝鲍里斯生日的仪式。她从残疾人收养院里请来 13 位没有双腿的客人，满足她追求与他人处境相同的欲望，对她的健康女仆百般虐待凌辱，并令其在仪式上坐轮椅，通过对他人的贬低和奴役来克服自己可怜无助的心态，通过施恩于更可怜的人得到心理上的满足。这一天不是鲍里斯的节日，而是女主人公的节日，鲍里斯在仪式结束时突然死去。1974 年首演于萨尔茨堡的《习惯的力量》中，主人公马戏班班主、大提琴师加里波第，为了改变疾病、衰老和平庸混乱的现状，决定组织一个演奏小组，让马戏班的小丑、驯兽师、杂耍演员以及自己的外孙女同他一起精心排练演出弗兰茨·舒伯特的《鳟鱼五重奏》。他利用自己的权力，恩威并施地去实现这个理想，年复一年怪诞的演练变成了马戏班的常规。目的不见了，习惯掌握了权力。尽管演奏组成员不能挣脱最基本的习性和需求，排练经常变成相互厮打，与意大利民族英雄加里波第同名的马戏班主成了习惯力量控制的奴隶。在1974年首演于维也纳城堡剧院的《狩猎的伙伴们》中，一位只配谈论死亡供人消遣的戏剧家，在将军的狩猎屋里与将军夫人打牌，谈论将军的重病，以及当初曾为将军提供庇护的这座森林发生的严重虫灾。在斯大林格勒失掉一条胳膊的将军，有权有势的强者，在听到作家告诉他其妻一直隐瞒的真相后开枪自杀了。所谓的生存的主宰者自己反倒顷刻间毁灭，怀疑、讽刺生存境况者却生存下来。剧本《伊曼努尔·康德》（1978）中，日趋衰老的哲学家康德偕夫人，有仆人带着爱鸟鹦鹉跟随，前往美国去治疗可能会导致失明的眼病，在船上遇到各种人物：百万富婆、艺术收藏家、主教、海军将领等。在他们的日常言谈话语中隐藏着残忍和偏执。作为和谐和人道思想代表的康德，在客轮鸣笛和华尔兹舞曲的干扰中开始讲课。除了他的鹦鹉，他的关于理性的讲课没有听众。轮船到达目的地后，他立即被精神病医生接走。《退休之前》（1979）涉及德国纳粹那段历史，曾是党卫军军官的法庭庭长鲁道夫·霍勒尔与其姐妹维拉和克拉拉住在一起，每年都给纳粹头子希姆莱过生日，他身穿党卫军军官制服，强迫克拉拉穿上集中营犯人的囚服。习惯了发号施令决定他人命运的霍勒尔在家里是两姐妹的权威。一个顺从他，甚至与他关系暧昧；另一个虽然恨他，诅咒他，但又不愿意离开这个家。因为他们都习惯了自己的角色，走不出他们共同演的这出戏。在这一年希姆莱生日的这天，霍勒尔饮酒过量把戏当真了，他大喊大叫不再谨慎小心："我们的好日子回来了，我们有当总统的同事，不少部长都有纳粹的背景。"最后因兴奋激动过度，导致心脏病发作倒下。1985年伯恩哈德的《戏剧人》首演，主人公是一位事业已近黄昏的艺术家，带着他的家庭剧团巡演到了一个小村镇，要在一个简陋的舞厅里演出他的大作《历史车轮》。尽管他架子很大，对演员颐指气使，同时嘴上不断把自己与歌德和莎士比亚相提并论，但他的妻子咳嗽不停，儿子手臂受伤。好歹布置好了舞台，观众也来了百十来人，可惜天不作美，一时间电闪雷鸣，观众大喊牧师院子里着火了，随之一哄而散，演出以失败告终。他不自量力地追求声望，终究未能如愿以偿。《英雄广场》（1988）是伯恩哈德最后一部戏剧作品，犹太学者舒斯特教授在纳粹统治时期流亡国外，战后应维也纳市长邀请返回维也纳，然而当他发现50年来奥地利民众对犹太人的看法并没有任何变化时，便从他在英雄广场旁的住宅楼上跳窗自杀了。其妻在葬礼那天坐在家里，仿佛听到50年前民众在广场上对希特勒演讲发出的欢呼，欢呼声愈来愈响，她终于无法忍受昏倒身亡。教授的弟弟对奥地利这个国家、对奥地利人的批判与其兄相比有过之而无不及，但他是有远见的人，他认为用生命去抗议根本没有用处。

综上所述，我们看到作品中的主人公，或者患病，或者背负着出身的负担，或者受到外界的威胁，或者同时遭受这一切，从根本上危及其生存。于是他们致力于解脱这一切，与出身、传统和其他人分离开来，尽可能完全独立，去从事某种工作，或追求某种完美的结果。通常他们那很怪诞的工作项目演变成为一种发自内心的强迫，作为绝对的目标，不惜一切代价要去实现，这些现代堂吉诃德式人物的绝对要求、绝对目标最后成为致命的习惯。

关于夸张手法上文已有论述，这里要补充的是，几乎伯恩哈德所有作品中的主人公都有大段的对奥地利国家激烈的极端的抨击，常常表现为情绪激动的责骂，使用的字眼都是差不多的：麻木、迟钝、愚蠢、虚伪、低劣、腐败、卑鄙等。矛头所向从国家首脑到平民百姓，从政府机构到公共厕所。怎样看这些文字？第一，这些责骂并无具体内容，而且常常最后推而广之指向几乎所有国家。第二，这些责骂出自作品人物之口，往往又经过转述，或者经过转述的转述，是他们绝望地为摆脱生存困境而发泄出来的。譬如《水泥地》中的"我"在家乡佩斯卡姆想写论文，多年过去竟然一个字也写不出来，只好去西班牙，于是便开始发泄对奥地利的不满；在《历代大师》中，主人公雷格尔在失去妻子后的悲伤和绝望中，从追究有关当局对妻子死亡的罪责，直到发泄对整个国家的愤怒。第三，这些大段责骂的核心是针对与民主对立的权势，针对与变革对立的停滞，针对与敏感对立的迟钝，针对与反思相对立的忘记和粉饰，以及针对习惯带来的灾难和对灾难的习惯。所以，从根本上说，这些大段的责骂是作为艺术手段的夸张。但是其核心思想不可否认是作者的观点，这也是伯恩哈德作品的核心思想。事实证明，他那执着的，甚至体现在他遗嘱中的、坚持与其批判对象势不两立的立场，对他的国家产生了积极作用：1991年，奥地利总理弗拉尼茨基公开表示奥地利对纳粹罪行应负有责任。

可惜在很长时间里，人们没有真正理解这位极富个性的作家，他的讲话、文章和书籍不断引起指责、抗议乃至轩然大波。早在1955年担任记者时他就因文章有毁誉嫌疑而被控告，从1968年在奥地利国家文学奖颁奖仪式上的获奖讲话中严厉批评奥地利引起麻烦开始，伯恩哈德就成为一个"是非作家"。1975年与萨尔茨堡艺术节主席发生争论；1976年他的书《原因》惹恼了萨尔茨堡神父魏森瑙尔；1978年在《时代周报》上撰文批判奥地利政府和议会；1979年，因不满德国语言文学科学院接纳联邦德国总统谢尔为院士而声明退出该院；同年指名攻击总理布鲁诺·克赖斯基；1984年他的小说《伐木》因涉嫌影射攻击而被警察没收；1988年剧作《英雄广场》在维也纳上演，舞台上，50年前维也纳英雄广场上对希特勒的欢呼声，似乎今天仍然响在剧中人耳畔。该剧公演前就遭到围剿，媒体、某些政界人士，以及部分民众群起口诛笔伐，要取消剧作者的公民资格，某些人甚至威胁伯恩哈德要当心脑袋。公演在推迟了三周后，终于在1988年11月举行，观众十分踊跃。一出原本写一个犹太家庭的戏惊动了全国，乃至世界，整个奥地利成了舞台，全世界是观众。1989年2月伯恩哈德在去世前立下遗嘱：他所有的已经发表的或尚未发表的作品，在他去世后在著作权规定的年限里，禁止在奥地利以任何形式发表。

伯恩哈德去世后，在他的故乡萨尔茨堡成立了托马斯·伯恩哈德协会，在维也纳建立了托马斯·伯恩哈德私立基金会，他在奥尔斯多夫的故居作为纪念馆对外开放。无论在德国还是在奥地利，在纪念他逝世10周年暨诞辰70周年期间都举办了各种专题研讨会、报告会和展览会。为纪念伯恩哈德诞辰75周年，德国苏尔坎普出版社在已出版了35种伯恩哈德作品的基础上，于2006年又开始编辑出版22卷的伯恩哈德全集。

今天人们对伯恩哈德的夸张艺术比较理解了，对他的幽默也比较熟悉了，他的书就是要引起人们注意那些司空见惯的事物，挑衅种种习惯的力量，揭示它们的本来面目。正如叔本华所说："真正的习惯力量，却是建立在懒惰、迟钝或者惯性之上，它希望免去我们的智力、意欲在做出新的选择时所遭遇的麻烦、困难，甚至危险。"[1] 比如某些思想和观念不动声色地延续。"二战"后，人们在学校里悄悄地用基督受难像取代了希特勒肖像，但权威教育没有任何改变。他认为，从哈布斯堡王朝到第三帝国直到今天，都在竭力繁荣那艺术门类中最无妨害的音乐，在动听的乐曲声中几乎没有人发现奥地利很久没有出现像样的哲学家了。"延续不断"是灾难，而破坏、断裂则是幸运。当人们不是从字

1　叔本华：《叔本华思想随笔》，韦启昌译，上海人民出版社，2003年，第100页。

面上，而是深入字里行间，真正理解了他的夸张艺术手段时，便会发现伯恩哈德作品中体现出来的现代精神。他那十分夸张的文字，有时精确得难以置信。1966年他曾写道，我们将融合在一个欧洲里，这个统一的欧洲将在下一世纪诞生。欧洲的发展进程证实了他的预言。难怪著名奥地利女作家巴赫曼早在1969年评价伯恩哈德的作品时就说："在这些书里一切都写得那么准确……我们只是现在还不认识这写得那么准确的事情，就是说，还不认识我们自己。"

伯恩哈德的书属于那种不看则不想看，看了就难以释手的书。

德国文学评论家赖希-拉尼茨基说："有些人读伯恩哈德觉得难受，我属于读他的作品觉得是享受的那些人之列。"[1]他还说："有人为奥地利文学造出一个新概念：伯恩哈德型作家，这是有道理的。耶利内克、盖·罗特和格·容克，这些知名作家经常在伯恩哈德的影响下写作。"[2]

巴赫曼评价伯恩哈德的书时说："德语又写出了最美的作品，艺术和精神，准确、深刻和真实。"[3]

1　Marcel Reich-Ranicki, *Der doppelte Boden: Ein Gespräch mit Peter von Matt*, Fischer, 1994, p.63.

2　Marcel Reich-Ranicki, *Der doppelte Boden: Ein Gespräch mit Peter von Matt*, Fischer, 1994, p.139.

3　Ingeborg Bachmann, *Werke*, Piper, 1982, Bd. 4, p.363.

耶利内克在1989年悼念伯恩哈德逝世时说:"伯恩哈德是独一无二的,我们,是他的财产。"[1]

伯恩哈德是位享誉世界的作家,同时也是位地道的奥地利作家。疾病几乎折磨了他一生,他生命的最后10年可以说是命运的额外馈赠,疾病磨砺了他的目光,锻炼了他的语言。正如耶利内克所说,将他变成了奥地利的嘴,去做健康者始终觉得是不得体的事:诉说这个国家的真相。奥地利的传统,尤其是哈布斯堡帝国的历史,在他身上留下了深刻的烙印,他对奥地利的批评是出自那种真正的恨爱,正是由于对奥地利的不断的批评,奥地利早已成为他生活中不可或缺的内容。尽管谁拼命地想要属于她,她就首先把谁给踢开。上奥地利是他的家乡,维也纳是他文学活动的主要场所。家乡的许多地方与他书中人物联系在一起,书中的许多场景散发着维也纳咖啡的清香。伯恩哈德书中的语言,词语的选择和构造,发音和语调,都是典型的奥地利式的,他自己曾说:"我的写作方式在德国作家那里是不可想象的,顺便说一下,我当真很讨厌德国人。"[2]顺便说的这半句就没有必要了,这就是伯恩哈德,一个极富

1　Sepp Dreissinger (Hg.), *Von einer Katastrophe in die andere: 13 Gespräche mit Thomas Bernhard,* Bibliothek der Provinz, 1992, p.159.

2　Sepp Dreissinger (Hg.), *Von einer Katastrophe in die andere: 13 Gespräche mit Thomas Bernhard,* Bibliothek der Provinz, 1992, p.112.

个性的奥地利人。他的书对我们了解奥地利这个国家和她的人民是很有帮助的。这也是译者译他的书的原因之一。

我读伯恩哈德以来，已过去几十年，对其作品的了解在逐渐加深。首先，他喜欢大量运用多级框形结构的长句，加上他的夸张手法，他的幽默和自嘲，让你不得不反复去读，才有可能吃透他要表达的意思，才能咂摸出他作品个中滋味。他的作品文字并不艰深，结构也不复杂，叙述手段新奇而不怪诞，但是，想完全读懂伯恩哈德实属不易。赖希-拉尼茨基曾多次称，面对伯恩哈德的作品他感到发憷，他甚至害怕评论他的作品，因为找不到一种尺度去衡量，他说，伯恩哈德不是我们中的一个，他太特立独行，是极端的另类。

我们可能暂时还读不透他的书，或者可能常常误读他，但有一点是肯定的，我们在他的书中往往能读到在别的书中读不到的东西，他的书让我们开阔眼界，让我们重新考虑和认识那些司空见惯的事物。读他的书你不能不佩服他写得真实，他把纷乱和昏暗的事物照亮给你看，他运用的照明工具就是夸张和重复。为了真实表现世界，他从来都走自己的路，如果说他的书中也涉及爱情的话，他决不表现情色和性欲，他的文字绝对干净，他这样做可能未免太夸张了，但他的书就是要诉之于你的头脑，启迪你思考，而不追求以种种手段调动你的情愫。他是一位令人难以忘怀的作家，他去世了，但仿佛他仍在创作，因为他的戏剧作品在不断增加，他的小说《维特根斯坦的侄子》《历代大师》等，都在他去世后相继作为戏剧作品被搬上舞台。2009 年年初，他生前未发表的作品《我的文学奖》一问世，便登上了畅销书排行榜首位，之前，曾在《法兰克福汇报》上连载。

伯恩哈德离开这个世界已经 30 多年了，但是他的感悟、他的观点仍然能触动我们，令我们关注，他的确是一位属于未来的作家。

马文韬

2009 年春于芙蓉里

2023 年春修改

波斯女人

我第一次见到那个瑞士人及其生活伴侣是在一个下午，当时我正在房地产中介商莫里茨家里，意欲向他直抒胸臆，披露长时间以来我在精神和情感上的疾患症候，不是试图去婉转暗示，或者仅仅把我的病症作为医学知识去阐释和与他探讨，我的内里像一架破旧的机器，不仅仅是个别零件经常出毛病、故障，而是从整体上已让病魔折腾得面目皆非，莫里茨对此可以说浑然不知，他了解的只是人们所看到的我的表面状况，因此他并未怎么在意，更没有引起他的不安，现在我要把我整个内里翻转到外面让他看，就是为了这个目的，我来到莫里茨家里，我与他相识已经十年了，并且成为相互可以信赖的朋友，但是整个这段时间里我一直在隐瞒真相，甚至于逐渐发展到采取数学上那种精确较真的方式，周密计算着将自己包裹起来，在他面前保守着这个秘密，持久地、违心地、冷酷无情地把它掩盖起来，让他得不到任何机会看到它，哪怕是蛛丝马迹。在这个下午我突然一反常态，竹筒倒豆子，向他彻底袒露自己，我的这一突如其来的残暴举动势必让他惊恐不已，事实上对他的震撼真是难以设想，但是不管是他的惊恐还是他的震撼，都没有丝毫阻碍我向他继续披露我的内里，在那个下午这事情开始得如此猛烈，自然也是那天的天气使然，在那个下午仿佛我别无选择，一意孤行，面对中了我埋伏遭到我袭击的莫里茨，披露了关于我的一切，将一定要揭开的一切通通揭开了，敞开了必须敞开的一切；在这整个过程中，如往常一样我坐在两扇窗户对面，房门旁边角落里那个座位上，这是我称之为公文夹屋的莫里茨的办公室，莫里茨身着他那件鼠灰色冬外套坐在我对面，已经是十月底了，很可能当时他处于醉酒状态，由于屋内光线已近昏暗我无法确认，我已经数周没有到莫里茨这里来了，这期间我与任何人都不来往，完全自己一个人独处，就是说完全依赖自己的头脑和自己的身体行事，用了比以往任何时候更长的时间，高度集中精力去思考相关的一切。在这整个过程中，我坐在角落里那个座位上，一直盯着他看，仿佛在这个下午，我终于破釜沉舟，下定决心去做一切有助于拯救我的事情，毅然决然地从我那潮湿、寒冷和阴暗的房子里走出来，穿过茂密的、散发着霉味的森林，如同朝着一个大慈大悲救人性命的奉献者一样奔向莫里茨，向他和盘托出长期藏匿于我心中的一切，在来他家的路上我

24

决定，尽最大可能，不再在他面前捂着盖着，尽情地把一切披露出来，直至我的心灵真正感到某种轻松。我这种做法同时也的确是对他的伤害，一种不能容许的伤害，但事已至此只能对不住我的朋友了。正当我不管对方的感受如何，只顾自己痛快，将减轻头脑和身体压力的尝试推向高潮时，忽然莫里茨的房里响起了脚步声，对我来说这是陌生的脚步声，但对辨别脚步声同样训练有素的莫里茨则不然，他显然立刻就知道这是谁的脚步，从他对突然自前厅传来的脚步声的反应我就看出来了，总的来说，莫里茨灵敏的听觉是极不寻常的，这个特长对他经营生意自然大有裨益，实际上莫里茨在我与他谈话期间一直静静地沉默着坐在那里，这不得不让我想到，他在这整个期间，甚至可以说，坐在我对面跷着二郎腿的莫里茨一直在等待这脚步声的响起，这意味着来者不仅仅是对房地产感兴趣者，而的的确确是房地产买主，这时他立即从沙发椅上站起来赶到门前去倾听，轻轻地说"两个瑞士人"，不是说给我听的，而是对他自己说，之后莫里茨的房屋一片静寂，接着那两个瑞士人就走进了莫里茨的办公室，数月以来，除了莫里茨我没有跟任何人谈过话，他们是最先开始与我谈话的人，随着他们的到来，我所期待的、我最迫切希望的、由于释放和减压而使我情感和精神感到的轻松也出现了，的确是如此，尽管这是我在这个下午不顾一切强行要实现的，为此不惜肆无忌惮地披露自己的内心世界，并且由此在莫里茨面前自然就不可避免地自我贬损，以及不知羞耻地自咎、自毁。在与这位瑞士先生及其生活伴侣邂逅之后，我就与这位女士相约到松树林散步，我当时就想，她自然不是瑞士人，很可能是犹太人，美国犹太人，绝不会是欧洲人，我当着瑞士先生的面与她相约，因为我立刻就知道这位先生是没有时间散步的。如今我已经记不得我和她一起散步有多少次，我和她每天都去散步，经常每天还不止一次，总之，在这段时间里，散步之频繁，每次散步时间之长，都是之前我与其他任何人所没有做过的，我也不曾同其他任何人能像同她那样，那样投入地、那样善解人意地谈话，能够去思考那么多的事情，没有人曾让我如此深入地看到他自己的内心世界，我也不曾让任何人在任何时候如此深入地、如此肆无忌惮地观察到我的内心世界。那位瑞士先生——在初次相逢时从他那里了解到——一直不停地为他那座由他自己设计的、位于公墓后边的、已经开始施工的水泥房子四处寻找材料，寻找门和窗户的五金配件、插销、栅栏、螺丝和钉子，寻找绝缘材料和防水漆，等等，可以说在他们建造房子期间所住的旅馆里，几乎根本就见不到他的身影。与我萍水相逢的这俩人，突然之间，

26

在肯定是生死攸关的关键时刻，将我从事实上已危及我生存的萎靡和消沉的处境中拽了出来，一下子让我在这位瑞士先生的生活伴侣（后来很快得知她是出生于设拉子的波斯人）这里，找到一个妙手回春的人，让我这个几乎不可救药的沉沦者起死回生，找到了一个与我一同散步、思考、谈话的伙伴，一位多年久违了的、富有哲学头脑的伙伴，这样的伙伴我决不承望能在一个女人那里找到。这位波斯女人与那位瑞士先生显然已数十年生活在一起，然而我注意到，她同他在一起时几乎总是沉默不语，如果说这不是几十年的习惯，那么看起来这种情形似乎也持续多年了，沉默不语，不是那种少言寡语，如处在这种关系中的两人之间经常出现的那样，而是自始至终没有话语，更有甚者，这位女士在我的回忆中总是穿着一件黑色的、肯定由于穿了几十年已经磨损了的皮大衣，那高高的领子总是竖立着，从我一见到她那一刻起我就觉得，像她那样的年龄和处境的许多女人一样，她始终生存在担惊受怕之中，害怕阴凉袭来，或者无时无刻不挨冷受冻，以至于这位女士，我有这种印象，永远也不可能离开这件外套，这件皮大衣，大衣将她下至脚踝上至头发包裹起来，保护起来，保护她不要挨冷受冻而死，对她来说没有这件皮大衣就无法生存下去，好了，暂且不说她的装束了，这位在她那位瑞士先生

27

在场时一直沉默不语的女人，一旦开口讲话，也总是与她生活伴侣的观点相左，如果说，如上所述，她在瑞士先生在场时总是沉默不语，那么令我极为吃惊的是，当她的生活伴侣不在场时，她就会一反常态，表现出一种述说的需求，可能正是由于她的生活伴侣在场时她的执拗的缄默，抑或可能长期以来就与其生活伴侣对立，造成了她心中怀有这种述说的需求，不是非要摇唇鼓舌，而是开口讲话，摊上像瑞士先生这样的生活伴侣，与其生活几十年的女人，当她们的生活伴侣不在跟前时都是这样的情形，她们要述说。对这位波斯女人来说德语是外语，但她掌握了它，如同她掌握了英语、法语和希腊语，使用得那么熟练，说起来那么顺畅舒适自如，确实从没有令人感到不适和厌烦，她说的德语，一个外国女人，一个在全世界，或者说在世界上任何地方都没有家园的外国女人说的德语，她出生在波斯，在莫斯科长大，在法国读大学，最后与她当年的情人即现如今的生活伴侣——用她的话说，一个高级工程师，闻名世界的发电站建造专家——她与他在一起足迹的确遍及了全世界，这样一位女士讲的德语，不仅愉悦我的听觉，使我那易于接受这样一些异国他乡语调的整个精神状态为之一振，她那讲话和思考的方式，说话按理自然是来自思考，而思考又来自说话，仿佛这整个过程是一种数学的、

28

哲学—数学的，并因此肯定也是一种哲学—数学—音乐的行为，她通过这种讲话方式，修正和调整着、和谐和对应着我的思考和语言表达。数月以来，我已不习惯再和与我智力相类似的人交谈，从长远来看，这种只与本乡本土的人打交道让我沮丧，虽然与莫里茨的交往不完全是这样，他没有受过系统的教育，但在他那个行业无论在哪方面他的智商都高出一筹，可总的来说我已经遇不到谈吐能让我耳目一新的人了，长期以来，我已不可能奢望还能同谁进行无拘无束的谈话，还能与其在一起提高我的谈话能力，在我离群索居，集中精力致力于科学研究（关于抗体）的这些年里，我已经完全中断了与以前那些和我谈话、与我争论、相互进行思想交流的人的来往，疏远了所有这些人，日益不顾一切地、一门心思地钻进科研，从事我的研究工作，我不得不承认，我已经极其可怕地将自己孤立起来，从某一时刻开始，我根本就没有力量重建与他们的精神联系，虽然我忽然认识到，没有这样一些交往我肯定很难有所进益，也许在可预见的将来根本就无法思考，甚至不久也将根本无法生存下去了。我没有力量自己主动采取措施，去阻挡思想的萎缩，虽然我早就注意到了这种状况，我实际上是有意识地这样做，疏远所有与我能做思想交流的人，最后完全将自己封闭起来，放弃一切与外界的交往，只保

29

留着那种最必要的、所谓土生土长的联系，那些与维持局限于家里和家门口这个小天地生存的最基本的需求相关的交际。我在多年前就放弃了与外界的通讯联系，完全投入到我的科学研究中去，以至于忽略了那宝贵的时刻，没有去抓住那还有可能恢复业已放弃了的交往的时机，在这方面我的一切尝试都失败了，归根到底我并非没有这个力量，很可能是我不愿意这样做，我虽然实际上也清楚地认识到，我走上的这条道路，多年来我一直走着的这条道路，不是一条正确的路，它只能是一条通向完全孤立之路，不仅仅是头脑和思想孤立，而的确是我的整个人生，我那总是被这种孤立惊扰的生存，但是我并没有设法阻挠自己这样做，没有去做任何尝试，我总是在这条路上走下去，尽管总是惊诧地看到这样做如何导致出现种种恶果，对这条路心生恐惧，但仍然继续走着，已经无法转身返回；我甚至已预见到这样做会造成怎样的灾难，但无法阻止它，事实上它已经远远在我认识到它之前就已经出现了。一方面，为了更好地进行科学研究把自己隔离起来，是一个从事精神活动的人最先决、最必要的条件，另一方面，这种以极端的方式造成的隔离包含着最大的危险，它绝不像你打算的那样会促进你的科研工作，相反，它在阻碍你的工作，对精神活动的影响是毁灭性的，事实上从某个时刻起，为科研工作将自己与外界隔离，这样做，对我的（关于抗体的）研究工作所造成的负面影响，恰恰是毁灭性的。虽然这会让我极其痛苦，但我必须承认，这种认识，如果说真的出现了，那也是来得太晚了，总是滞后，带来的只有失望，让你眼睁睁地看到，毁灭人的精神、情感，最终可以说毁灭人的身体这一事实已经无法改变，做什么都无济于事了。事实上，在两位瑞士人出现之前，我已数月之久只能蜷缩在我的房里，处于一种麻木不仁的生存状态中。在这种状态中，很长时间以来，根本谈不上工作，更不要说从事什么科研工作，这是无法想象的事情，能做的只有进行自我观察。我承认，数月之中，我一觉醒来，睁开眼做的就是可怕的自我观察，为的是让我在这可怕的自我观察中彻底精疲力竭。当然我一直渴望与他人交往，总是有这种需求，但我没有力量去做，也没有可能恢复建立哪怕一点点联系，只有当我充分调动起我精神和身体的能量，最大限度地运用我的脑力和体力，才有可能就某些真正与生存休戚相关的事情去探访莫里茨，在他家里待上几小时，这每每要克服极大的困难，经历一种极其深刻的自我否定过程。一个从事精神劳动的人，如果他认为，必须集中精力去从事一项科研，或者去写作，总而言之去从事一项脑力劳动，那他很快就会与外界失去联系，就我而言，我曾认为，为了工作非放弃所有与外界的交往不可，于是我便逐渐中断了所有一切交往，我本来与外界有很多交往和联系，最终就将曾几何时所拥有的一切人际交往通通放弃了，我决心终止一切这样的交往，哪怕得罪和伤害了人家也在所不惜，对我来说，我最重视的是科研工作，一切其他都无所谓，我在从事我的脑力劳动这方面总是最肆无忌惮的，不惜任何代价的，很早我就无法容忍我的脑力工作受到干扰，微乎其微的干扰也不成，凡是与我科研工作对立的事情，阻碍我科研正常进行的事物，我总是将其排除，而且做得非常及时，长此以往我势必不久就自己把自己完全孤立起来，最后我就成为地地道道的孤家寡人了，同我在一起的只有我的科研，我的脑力劳动。我的确曾以为，我可以和我的科研工作单独存在，一辈子只与科学研究做伴，只借助于科学研究就能达到我的目的，可是逐渐地，终究事实必然会明确无误地证明，这是完全不可行的，是完全不可能的。是的，我的确曾经认为，与我的科学论文、我的科研工作在一起，不同任何一个人来往就能生存下去，很长时间我就这么认为，许多年都是这样想的，很可能已经几十年了，直到我认识到没有人可以不与任何人交往，没有人可以独自一人、只有他的工作与其相伴就能生存。至于我的生存已经深深陷入孤独之中，我必须认识到，我在这条路上实在走得太远，已无可能返回。因此从某个时刻开始我已经接受了这个事实，不思改变，安之若素了。许多年来我就是这样蹲在家里，把什么都放弃了，工作仍然毫无起色。多年以来我也曾多次尝试摆脱这种生存状态，但是，一切努力总是刚刚开始就以失败而告终。我每天醒来心里就对生活完全充满了厌倦。每逢我在早晨想做点什么事情，总是逃脱不掉厌世情绪的掌控，总是为没有生存能力所制约，无法干成哪怕是微小的一点事情，这自然使我本来就有的消沉和沮丧越发严重。无法真正地工作，数日、数周、数月地坐在那些资料面前，没有任何希望能开始做点什么。我早晨醒来，看到眼前的这些资料就感到害怕，在我的房间里踱来踱去，一会儿在楼上踱步，一会儿在楼下，总是越来越沉湎于完全无用的一些事情中，这势必让我更加远离我自己真正要从事的工作。我做这些毫无意义的、本身就很荒谬的事情，目的无非是要把我的注意力从我真正要做的科研工作上转移，干扰我不能去思考我的科学研究课题，久而久之，致使我都不敢面对那些搜集整理的资料和文献，让我从心里对它们感到畏惧，于是我便陆续将它们搬到阁楼的一间小屋里，保存到那里，别让我再接触到它们。看到它们就让我恶心。甚至于连想到它们也是如此。我无法忘记，多年以前我的科研工作就停滞不前了，确切的日期今天已经无法认定，我当时肯定忽略了这个变故，如果我及时注意到了这个时刻，那么也许就可能引起我的警觉，就可能去分析我所处的整个状态，但是不管我怎样努力回想，这个时刻和这个时刻前后的整个情形直到今天我也弄不清楚。如果一个人注意到了某个关键时刻并且分析了与此相关的一切，那么很有可能因此及时地挽救自己。但我没有这种可能，我不清楚我的科研工作在什么时刻出现了停滞。我明白，失去一切与外界的交往最终导致了这场灾难的发生，不管此前它是怎样的必要，以及它给我带来怎样的成功。我为了科研工作而设计和安排的孤立状态，在最初的几年里曾在自然科学研究方面给我带来颇有价值的成果，使我的科研工作取得了很大的进步，但现在来看，在随后许多年里它给我造成了巨大的不幸。可是只有认识却不行动，不能及时采取措施纠正，只能使我的处境更加无望。有多少重新建立与外界交往的尝试，还在起步阶段就失败了。所有这些恢复建立联系的想法在我心里刚出现就被窒息了。比如，我的确曾写了几百封信，为了同各种不同的人建立联系，所有这些信都装进了信封，写上了各收件人的姓名、地址，但是都没有寄出，而是堆放在我放置科研资料的房间里。这些信是写给朋友、熟人和科学界人士的，内容是请求与其建立联系。我写了这些信，在写的过程中我就知道，我不可能将这些信邮寄出去，让它们到达收件人手中。我就是这样在许多年里写信而不寄出，通通堆放在我做科学研究的房间里。我总是一再这样想，如果封闭的、孤独的生活状态不再有任何意义，无法有效地进行工作，那么这种状态就必须终止，但我并没有这样做，没有能结束这种生存状态。我始终怀有建立联系的愿望，但没有力量去实践，如果说我连与我的科研工作都建立不起联系，又怎么能同外界、同他人建立起联系呢！这种孤立、丧失与外界联系的状态，逐渐在我身上发展成一种精神疾病，我在莫里茨那里结识那两位瑞士人的那天下午，正试图讲述我的这种病情。我曾在数年里一直在莫里茨面前隐瞒我的疾病，他对此没有任何觉察，突然之间我隐瞒不住，非要告诉他不可，在我结识那两位瑞士人的那个下午，我在精神上不要与外界建立任何联系的疾病可能已发展至顶点，同时也到了解救的时刻。可能我已经几乎无法再忍受那毫无希望的、没有生机的处境，那使我精神涣散、诸事荒疏的局面，一天也不能再忍受下去了，一切迹象都表明，这样下去可能我会用自杀来结束我的一生，因为仅仅向莫里茨披露我的病症，向他倾诉我的苦衷，说到底并没有什么意义，可能会导致我不得不干脆结束这令人十分沮丧的生存，离开这个世界。在那天下午，我对我的坦白和揭露、我对自己的谴责和剖析肯定让莫里茨感到惊诧，我倾诉得越久，就越感到在莫里茨面前这样做没有什么用处，我怎么会想到用袒露我的病症和苦恼去打扰他，他根本就不理解我，根本就不明白我的任何事情，而我却没完没了地向这个人倾诉，并且自始至终以为他懂得我说的一切，其实我说的他一丁点儿也不懂，我本应明白，像我在那个下午那样到莫里茨面前直抒胸臆是愚蠢之极，向他倾诉，全盘托出心中隐秘的一切，以期待得到减压和解救，是多么荒唐。仿佛多年以来，我的精神储存，或者说精神垃圾，积聚得着实太多，这天下午我在房里坐在地板上来回折腾了几个小时，然后忽然起身出门，穿过树林到莫里茨面前来倾箱倒箧。现在我仍然忘不了，他妻子和他母亲看到我时脸上的惊讶表情，我走进莫里茨家时，我的样子肯定让人看着十分惶恐，莫里茨妻子立即让我上莫里茨办公室，莫里茨脚上穿着毡子拖鞋坐在桌前，面前放着文件，旁边搁着一瓶葡萄酒。无论在他的家人面前还是我独自一人，我都无法掩盖激动的状态。我立即就在墙角的座位上坐下，这是我在莫里茨家习惯坐的位置，立刻就闪电般地把莫里茨拽进了我那可怕的境况里，根本就没有考虑他如何会来倾听我的讲述。在这个时候，我只有莫里茨这个人，只有这唯一的一个人，我可以在紧急关头时到他这里来，在这种时候我总是利用他来解救自己，那个下午也是如此。如果我不想瘫倒在地，不想让自己毙命，我就不能一个人待在家里，也不可以一个人待在家里。事实上莫里茨的家已经说不清有多少次成为我唯一的求救之所，那个下午也是如此。今天回头来描述当时的情况，就可能保持着一定距离，几周前，甚至于几天前还做不到，如同我至今仍然无法描述我与两位瑞士人的会面，尤其是与那位波斯女人邂逅的情景，但我看到，描述这一切是必要的，我的确想分析一下那个时刻发生的一切，我那时如何濒临绝境。我时常告诫自己，不能允许自己每当精神沮丧几近绝望之际，就跑到莫里茨那里去寻求解脱，但是我总是事到临头就把这些都忘得精光，又重蹈覆辙。莫里茨一家十分好客，莫里茨妻子、莫里茨的母亲，他们的为人，莫里茨一家的持家方式，他们的待人接物都构成了让我将其作为庇护所的理由。我总是，尤其在走投无路的危难之际，在莫里茨家找到庇护。但是，为人处事不能只考虑自己怎样合适，我不能没有限度地滥用人家的善意，我一再对自己这样说，有时我还是能控制住自己，不到他那里去麻烦人家。在上边提到的那个下午，我不去他家不行了，如上所述，我已有数周之久没有登莫里茨的家门了，我的突然造访再加上我当时进入他家时的状态，怎能不让他一家看到后倍加吃惊。我当时的感觉是一切都完了，我今天根本就不知道我当时怎样穿过树林来到了莫里茨家。在我的一生中经常出现超越疯癫临界线的情形，在那个下午我认为我肯定要疯掉了，无法返回正常状态了。我对莫里茨讲啊讲啊，只顾自己痛快，殊不知我那滔滔不绝的倾诉是在折磨他，而且不择手段。但是他一如既往，再一次忍受着我卑鄙的肆虐不做任何抵抗，为什么呢，莫里茨从一开始就对我怀有好感。他所以让我没完没了地倾诉，是因为他认为这样可以让我最终安静下来，他了解我每次发作的情形。但是在那个下午我的情况肯定是最严重的一次，与以往完全不同，我讲述了几个小时仍然安静不下来。我想，往常倾诉之后情绪就会趋于平稳，这一回非完全疯癫不可。正是在这个时候，莫里茨家前厅里响起了脚步声，那两位瑞士人走了进来，来到了莫里茨的办公室。假如那两位瑞士人不在这一时刻来到莫里茨家，走进他的办公室，很可能我在那个下午就发疯了。我随即便听到了莫里茨和瑞士人之间开始的谈话，谈话的内容只是围绕瑞士人购买一块地产，以及在这块地产上已开始建造的水泥结构的房屋，关于这房子，瑞士人说这是他们一辈子购置的一系列房产的最后一处。那位瑞士男子当着莫里茨的面一再谈到，从瑞士向奥地利偷运防水漆如何有利，以及关于在他未来的房产中使用隔热材料的考虑，还有比如说在窗户和门上装设多少插销，为什么他为朝着森林那面的窗户订购了钢框，而为车库门他则自己设计了一个自动装置。他的生活伴侣和他，他说道，在奥地利到处寻觅购置地基盖房，两年之久一无所获，几乎就要放弃在奥地利购置房产的打算，这时偶然看到了《新苏黎世报》上一则广告，来到了莫里茨这里，现在他们通过莫里茨终于找到了理想的地皮。使我感到疑惑不解的是，为什么一向对我从不隐瞒一切业务活动的莫里茨，却没有谈起过这两位瑞士人，哪怕仅仅只言片语也没有，他应该想到，对这样突然在这里出现的外国人，我是会很感兴趣的，毫无疑问，莫里茨在几个月前就与这俩瑞士人谈好了这笔生意，考虑到这是一笔不寻常的生意，他从未在我面前提起过，那我就更不理解了。每逢遇到比较特别的买卖，莫里茨总是立即让我知情，这回与瑞士人做成的这笔买卖可以说极不寻常，这是显而易见的，这位瑞士人和他的生活伴侣买的是公墓后边的地块，十几年来这块地皮根本就无人问津，为什么，首先位置太差，差得让你难以设想，其次就这样位置的地块，莫里茨竟卖出了异乎寻常的高价。当我知道瑞士人购买的是哪块地产后，脑子里不由得出现了以往莫里茨为出手这块地产煞费苦心的情景，他尝试了恐怕有几百次，不管五冬六夏，无论黑天白日，他不辞辛劳地带那些感兴趣的买主经过公墓，穿过树林去实地观看，结果都一无所成。现在我想起了莫里茨经常挂在嘴边上的话：每块地皮，无论它的条件多么差，最终都可以出手。是的，在这个世界上每个物件都能找到买主，或迟或早，只不过是个时间问题。这两位瑞士人可能是夏初来找莫里茨购买这块地皮的，并表示他们经过多年四处寻找，终于遇到了理想之地块。他们购置这块地的目的很清楚，尤其在我与他们相识之后，我了解到，他们要在这个过去和现在都没有任何人想居住的地方安家，那位瑞士先生曾多次半开玩笑地说出"晚年"这个词，我现在还能听见这个词儿，就响在我的耳畔。他说他和他的生活伴侣已厌倦了动荡的生活，往往几个月就搬一次家，他认为对于他这位发电站建造家来说，到了该在一个地方最终安定下来的时候了，这个地方他选在了这里，而不是别的什么地方，那是经过深思熟虑的。他们俩对有关这个地方的一切都考虑再三。瑞士先生说，他们俩的生活最终进入这个地方也是理所当然的。他只想再做一个建造发电站的项目，在委内瑞拉，这最后一个项目完成之时就是他职业生涯终结之日。还要再到南美去上两三次，他说，然后就退休了。他设想退休后居住的家园：围绕着房舍的是一块不大不小的蔬菜园子，阳光照着折叠躺椅，房前有一条看家护院的狗，屋子里有一只与生活伴侣玩耍的猫。瑞士先生的胃不算太好，医生禁止他吃肉，他将只吃自己园子里种的蔬菜，这对健康十分有益。他称赞这个地方的空气，他（什么他不知道啊）从莫里茨手中以高得出格的价钱买下这块地产，并让这位天生地造的地产中介、资深的房地产商确信，对其无时无刻不心怀诚挚的感激。瑞士先生谈兴正浓，屋内其他人都缄默地听着。他沾沾自喜地描绘着他的理想世界，他那瑞士人心目中的世俗景象，毫无顾忌，不受莫里茨房内任何什么的影响。他的生活伴侣在一旁注意地观察他，目光中流露出厌烦和怨恨，我相信，几十年来她肯定就是以这样的表情在观察着他。莫里茨是瑞士先生的最佳倾听者，不管瑞士先生讲述什么，他都饶有兴味地听着，那姿态无疑总是在鼓励讲述者，使其讲述的劲头不断高涨。我了解到，这两位瑞士人已多次到莫里茨家做客，已习惯于每周两三次在傍晚时分到莫里茨家里来，这使他们减轻了对这个新地方的陌生感，每次莫里茨家都邀请他们共进晚餐，这天晚上也不例外，下午晚些时候在莫里茨办公室开始的谈话，从七点钟开始，也就是说天已经完全黑了下来，就转移到楼下莫里茨家的餐厅里继续进行，在这里仍然是那位瑞士先生主导着谈话，我让自己只做个旁听者，只是有时莫里茨向我提个问题，或者请我回答瑞士先生向他提出的某个问题，如果他估计到我在这个方面知道得比较多的话，总而言之瑞士人提出的问题都与盖房有关，诸如在什么地方、怎样弄到所需要的建筑材料，或者怎样找到各类工匠，由于我经常与农民打交道，对他们的情况很熟悉，所以很容易回答瑞士先生的问题，另外我对大多数建筑方面的工匠也很了解，他们中的大部分我都认识，知道他们的情况。我自己亲身体验过，到一个陌生地方盖房子是多么困难的一件事，谁要想坚持做下去，不打退堂鼓，的确就得克服巨大的困难，不管大小事情，一切做起来没有不作难的，以至于你每一天可能不下百次想要放弃。再加上你会觉得新地方的环境、这里的人，也就是说整个自然条件都是陌生的，对一个新来乍到的人绝对是排斥的，从根本上来说甚至是怀有敌意的，这种排斥和敌意会压迫得使每一个企图在这里定居下来的人感到窒息。而这位瑞士先生对这一切相当不在乎，他的生活伴侣，与他这位粗暴的人截然不同，是一位敏感的人，就我在一旁的观察，至少关于购置地基建房这件事，她一直持不参与的态度，当瑞士先生将他的房屋设计图摊开在刚刚吃过晚饭后的餐桌上，准备与莫里茨详细商谈建造计划时，波斯女人显示出一种完全无所谓的样子。给我的印象，瑞士先生设计图的房屋看起来像一座发电站，事实上这幢房屋的确画得如同一座发电站，像我后来在自然环境中所见到的，有别于一切关于一幢平常房屋的设想，你无法将其与一幢平常的房屋联系在一起，它给人的感觉除了对人的排斥不能指望别的什么，可以说绝对不适合作为年迈的歇业退休者养老的住所，从外表看更像水泥浇铸的甲壳，里面是既不需要光亮也不需要空气的机器。瑞士先生显然将他一再称作是他"最后的住所"的这栋房屋，完全如同他在世界各地建造的发电站一样来设计。凡是仔细观看这张设计图纸的人，都会看到一些自己无论如何也不想居住其中的房间，但是瑞士先生却坚信他设计出了理想的房屋，其造价将在一切国内通常房屋水平之上，莫里茨听到这里问道，造这房子到底得花多少钱，瑞士先生并没有讲具体数字，只说，这房子里外的一切都应是坚固的，要用最好的材料，要雇最杰出的工匠。很明显，造这样的房子势必是要花费大价钱的。然而与之形成鲜明对比的是，这位瑞士先生却是一位颇小家子气的人，他最核心的气质肯定无疑是吝啬。此外，这种人心中还会充满猜疑，而这正是建造房屋的大忌，会大大阻碍他工程的顺利进行，当他试图解释他在餐桌上摊开的设计图，同时心中不断地期盼着他人的肯定和赞誉时，也恰好再清楚不过地昭示出他对完成这座建筑物的疑惑和没有信心，他不相信所有雇来实施他的设计的人，

43

包括所有的工匠、力工以及所有与这项工程直接和间接有关的人员。他无法克制心中的猜疑，忍不住说道，他觉得原本是怀着极大的信任来到这个地方，对这里的一切都以诚信相待，可现在这个地方只能让他心中产生最大的怀疑和猜度，他这样做并非没有道理。莫里茨很注意听着瑞士先生的谈话，他很欣赏瑞士先生的设计，以及他对设计的详细讲解，虽然很大一部分他并不明白，听一位建筑师讲解其设计是一件非同寻常的事情，更不要说这位瑞士先生在他那个行当里是位声名卓著的人物，这天下午，他与他的生活伴侣来到莫里茨办公室后不久，就多次让在场的人传看他带来的一些照片，照片的背景是他在世界各地所建造的、今天业已运行的发电站，前面是他与业主握手的情景，这些业主中有英国女王、美国总统、伊朗国王和西班牙国王。尤其令莫里茨印象最深的，是瑞士先生在讲解中使用的工程技术术语以及他对专业概念的准确阐释，瑞士先生还答应莫里茨，不久为他介绍众多的房地产购买者，绝大部分都是像他一样的瑞士人，是真正想购置地产的、财力雄厚的业主。当瑞士先生终于结束了关于房屋设计的解释之后，还对莫里茨办公室里的家具不吝溢美之词，同时又将在他讲话时一直未动的一满杯啤酒一饮而尽，然后向莫里茨一家和我道别，莫里茨陪他们走进前厅，并向他们保证，他这方面将不遗余力地大力支持瑞士先生的建筑工程。瑞士先生，莫里茨在楼下说，可以完全信赖他莫里茨，他的话语从楼下传到了楼上他的办公室，我听得很清楚。当这两位瑞士人刚刚离开，莫里茨还在从前厅朝他的办公室这里走来时，我在想，瑞士先生的生活伴侣接受了我的建议，将与我一起到松树林子里去散步。我只寥寥数语便与她约定，时间是次日五点左右，我对她说，届时我会到旅馆去接她，那时瑞士先生已经出门了，她要为到松树林散步作点准备，穿上结实的鞋子，总之要比平常穿得暖和些，现在的松树林因为下过很长时间的雨，到处都很脏、很潮湿。我能感觉得到，我的建议让她很受用。这两位瑞士人离开不久，我也与莫里茨告别，穿过树林回到家里。还在回家的路上我心想，在经过几周失眠之夜以后，我终于能睡个好觉了，这个想法一直萦绕在头脑里，这天夜里我真的睡着觉了。我心里总是翻来覆去地想，我这次去莫里茨家真是去对了，早不去晚不去，偏偏选择那天下午，这样想着想着，我的精神逐渐安宁下来，最后，我真的在患上失眠症数周之后，的的确确很正常地，不依靠任何药物，自然而然地睡着了，最终什么都不去想了，甚至于因为失眠数周之后又可能睡着觉了，在心中荡漾的欣喜最后也消失了。这自然不意味着，我在这天夜里没有多次

45

醒来，去回想昨天下午和晚上发生的事情，我如何从家里起身穿过树林去找莫里茨，如何强行让他倾听我对自己内心世界的袒露和揭秘，这种我行我素无疑是对他这个人的最大伤害，我必须承认我的卑劣，然后正值我的荒唐、疯癫之举进入高潮时，那两位瑞士人突然走进莫里茨的家，那位一直默不作声、一动不动地坐在那里倾听我诉说的莫里茨，肯定早就期待着他们的到来，虽然一直不露声色，没有丝毫这方面的迹象，但他知道，瑞士人随时都会出现，会结束我突然强加于他的、可能已超过他接受极限的诉说，让他紧张、使他无端承受超负荷的压力，当我把我积压在内里的一切一股脑儿向他倾泻，用我那些可怕的、对他来说自然完全无所谓的荒唐事情，突然让他手足无措时，他很可能一直在等待瑞士人的到来，现在回想当时的情形，我觉得在我诉说时，他的确仿佛在等待什么，说不好具体是什么，反正他仿佛在等待什么，我当时不知道，不可能知道他在等待什么，事后我明白了，他当时就是在等待这两位瑞士人，事实上，那两位瑞士人正好在恰当的时刻来到了莫里茨家，正在我的倾诉还没有超过莫里茨能够接受的程度，换个角度来说，在那个可以说对所有人都很危险的下午，他莫里茨所以能让我为所欲为任凭我在他面前倾诉我心中的一切，是因为他知道，瑞士人会来，并且会把这一切结束，因此当我自己一点动静都没有觉察时，他就听见瑞士人到了楼门前，我还什么都没听见他就跳了起来走到门前去听，这个时候瑞士人肯定还根本没到前厅，还在瑞士人进到楼里之前他就说出"瑞士人"，我还看到当他已经肯定是瑞士人到来之后，脸上露出感到轻松的表情，对他来说瑞士人毫无疑问就是他的拯救者，将他从我那不得体的、卑劣的举止所造成的难以置信的麻烦中解救出来，事情很明显，在那个下午我做得太过分了，我的行为实在是肆无忌惮，我过高估计了莫里茨的忍受能力，那天下午我坐在他的对面，看得很清楚，我如何浑不吝地伤害他，作践他的善良。但是随着瑞士人的到来一切都终止了，莫里茨可以从容离开我，到下边前厅去，他得去迎接客人，我敢肯定他有如下的考虑：那两位瑞士人的到来不仅对于他，而且从根本上说对于我都意味着解救，莫里茨这个人，虽然是一位难以对付的、精明的商人，是我迄今为止所认识的最难对付、最精明的商人之一，同时也是一位情感和神经都很敏锐的人，他给通常看见他的人总的印象是粗鲁，至少是冷漠，在某种程度上是一个没有情感的人。然而他的敏锐和细腻的情感能力绝对没有被其粗莽的外表所压抑，常常在生活中表现出来，我一再有此感受，莫里茨在这个下午以及接下来的晚上所作所为证明了我的看法。他莫里

47

茨，当后来我的癫狂发泄达到顶峰，或者说再后来当那两位瑞士人走进他家的时候，原本可以客气地将我逐出门外，但他没有这样做，相反，他立即巧妙地将我引入他与瑞士人的谈话中，并且随后也邀请我与他们共进晚餐，最后也是他，在瑞士人来到他办公室之后，将话题引导到瑞士人选房址盖房上面，把我从梦魇般的处境中解救出来，他有意识地通过这新的话题让我离开痛苦的自我纠缠，就是说，机敏地让我摆脱了我当时精神上极度走投无路的境地，并且做得自然而然，顺理成章，如果不是瑞士人的到来，只有他单独与我在一起，在那个下午他是无法做到这一切的，在接下来的晚上他也难以改变我的状态。有多少次，莫里茨，尽管他自己也许从未意识到，把我从所谓噩梦中、从深度的绝望中解救出来，最近几年里他就这样经常地越来越频繁地帮助我，拯救我，他是我所以能继续生存下来要感激的恩人，这样说一点都不夸张，在这里应该指出这一点。那天下午我是第一次讲述我的状况，而且未加必要的铺垫，立刻十分激动地、明确无误地直奔主题，向莫里茨披露我的疾病，我的精神和情感疾患，他听了肯定大吃一惊，与他打交道这些年来，我从未向他挑明关于我患病的情况，莫里茨可能在这方面有所察觉，可能经常感觉到这种疾患如何在我身上作祟，如何对我施加影响，并且总是每次都以不同的方式，现在还不是具体举例说明的时候，莫里茨总是发现我身患一种这样的疾病，然而我却从来也没有给他任何一点暗示，从来没有说过，总是对此保持沉默，让他无法了解真情，爱莫能助，那天下午我在他面前忽然分析起我的病况，尽管这一尝试在开始时便立即失败，并且完全走了样。我怎么会想到在莫里茨面前分析我的病情，这样的一闪念都不该有，我当时的情况是怎样的呢，我当时心里七上八下的，在这样激动的状态中是什么样的分析也无法进行的，自然更不要说做自我分析了。因此这一尝试自然完全变成混乱和暴躁的感情宣泄，其表达可能全然前言不搭后语，是不恰当词句的胡乱堆积，让莫里茨听了根本就无法答对。不过，在我这方面却达到了目的，我的精神情感状态经过这番倾诉，终于有了我都不再指望的明显改善，在那天下午和那天晚上，在莫里茨和瑞士人的帮助下我觉得又可以忍受自己的状况了。但是这里谈论的对象不该是我，而是瑞士先生的生活伴侣，最近这些天里我又经常想到她，她的形象常常清晰地出现在我面前，在我多次尝试失败之后，现在我也许可能把对她的回忆记录下来。直到现在为止我所以一直在谈我自己的事情，是因为我认识那个瑞士女人，那位瑞士先生的生活伴侣，也就是那个波斯女人，是在那个痛苦的日子里，如上所述，我极度激动不安地跑到莫里茨家里去解救自己，在那个下午我的确如上面所讲述的得到了拯救，直到现在为止我还根本没有讲述那两位瑞士人，因为我自然没有理由相信，他们在那天下午只是为拯救我而到莫里茨这里来的，不过这也并不意味着，我没有经常设想，他们在那天下午来拜访莫里茨的确是为了拯救我，不相信这一点和相信这一点同样都是荒谬的。现在，在我做了上面的解释之后，我可以谈谈那位瑞士先生的生活伴侣——那位波斯女人了，至少可以尝试把对她的回忆记载下来，尽管只能是断断续续、残缺不全的，如同一切记载根本就无法是完整的、全然如实的一样，最近我曾多次开始着手尝试，无不以失败告终。但是要把一切记载下来，都需要反复从头开始，反复进行尝试，直至哪怕只有一次是接近实际情况的，也从来都是差强人意的，不可能达到满意的程度。虽然记载是如此可怕，如此没有成功的可能，但如果你有一件事情，它总是顽固地折磨着你，让你不得安宁，那么你总得反复地去尝试着把它记载下来。即使我们意识到了根本就没有什么是准确的，根本就没有什么是完整的，那么我们也必须开始去做，把我们决定做的事情坚持下去，哪怕我们对此极其没有把握，对其成功持极大的怀疑。假如我们还没有开始去做就总是放弃，就打退堂鼓，那我们最终会陷入绝望境

50

地而不能自拔，最终会一无所成，会不可救药。记载对瑞士先生生活伴侣的回忆这件事，就像我们每天必须起床，必须开始做我们决定要做的事情并坚持下去一样，也就是说像我们要生存下去，因为我们非生存下去不可一样，我们也必须去开始并坚持做下去，哪怕从一开始就觉得这件事情必定要失败，可能始终摆脱不掉这种想法，那也不能泄气，不能沮丧。其实，这个世上只有失败。当我们至少具有不怕失败的意志，那我们就前进了，无论做什么事情，不管它大小难易，如果我们不想过早地毁灭的话，我们就必须具有敢于失败的精神，过早的毁灭的确不可能是我们生活在这个世界上的意图。当我大约五点钟去旅馆接瑞士先生的生活伴侣时，因为当地人都称她为波斯女人，不叫她瑞士女人，我也就称她为波斯女人。我们约的是这个时间，她当然还没有准备好，凡是女人，不论是哪一些，都从来没有在约定的时间到来时准备好的，这在我迄今为止的生活中是司空见惯的了，这位波斯女人也不例外，我坐在楼下的餐厅里一面等她，一面与女店主聊天，我们说到旧式家具，然后主要谈她丈夫经营的农庄，当然话题也转到了她的旅店生意，其间，我接受她的美意，喝了杯啤酒，在与女店主的谈话过程中，我总是一再考虑着波斯女人与其生活伴侣的关系，我也想通过这样的谈话能帮助我进一步了解他们之间的情形，但收效甚少，这两位瑞士人之间的情况对我来说依然是不清楚的，这并不奇怪，我不会对他们有什么了解，毕竟我几小时前才与他们相识，而且当时的场合也不可能让我知道他们更多的情况。关于他们之间的关系，我只是朦胧地感觉到有点不太对头，我希望能通过谈话使我这种朦胧的感觉变得清晰些，但只是徒劳一场，我不愿意利用与女店主谈话的机会，直接打听那两位瑞士人的事情，我觉得这样做是不允许的，如果这样做，就是滥用与女店主的谈话机会，我想，其实果真这样做了，很可能知道不少关于他们的事情，但也不会了解到真实情况，比如这样或那样经过女店主添油加醋编造出的离奇故事，这些东西不是我所要听的，女店主们通常总是喜欢褒贬他们的客人，胡扯一些诸如他们如何行为不端，让人大跌眼镜，总之都是一些无稽之谈，我都预料到了的，我尽量克制自己，根本不向女店主打听瑞士客人的事情，虽然说她竭力把谈话集中于她的生意，她私下里经营的养鸡和养猪，挨着旅店有一个很大的猪圈和一个更大的鸡舍，但是显而易见她打算随时都能够讲点关于瑞士人，尤其是那位波斯女人的事情。这两个人的出现对女店主来说不啻引起轰动的特大新闻，这一带地方的人很少能见到外国人，见到瑞士人，或者说欧洲边缘地带的人，那更是一件稀罕事了，更不要说像波斯女人那样的欧洲以外的人了。可能在几周里，也可能是几个月，我想，只要那俩瑞士人不离开这里，他们就是这整个地方的谈资，由于我深居简出，没有听说任何关于这两个瑞士人的传闻，对他们的情况也无法得知，我想，我若有意到处打听，那我的确会得知许多，甚至于可能是许多闻所未闻的情况，在这段时间里我对所谓本土人是太了解了。我设法阻止女店主，让她无法对波斯女人说三道四，这样做甚至使我感到一种乐趣，她总是试图突然中断关于她生意的谈话，对那两位瑞士人，尤其是对那位波斯女人发表议论，我这方面呢，总是越来越执拗地、越来越坚持不懈地、越来越别有用心地坚持关于她生意的话题，女店主呢，倒也总是不反对我讲关于她如何饲养猪和鸡，关于她如何采购饲料，以及关于她和丈夫的市场营销，她愿意听我对这些事情的想法，她是个很精明的人，早就探听到，我的观点对她所有的经营项目都是极为有益的，无论是涉及旧家具还是农产品，都是极有价值的，都有助于她的财源茂盛，虽然她总是怀疑我的意图，我的确懂得很多关于猪和鸡的饲养，关于整个农活，我就是从农村出来的，至今对农业仍然很感兴趣，尽管只能是我的业余爱好，但我对这方面一直很熟悉，一直仍然很有兴趣，因此我确实总是能与女店主谈论农业活计，以及与此相关的话题，她对我的观点总是表示赏识，虽然并不直截了当说出来，她今天也特别想马上知道我要发表怎样的观点，同时她今天又根本没有兴趣与我谈论有关农活这个话题，无论我怎样往这方面引导，她只想与我谈关于波斯女人，我估计，波斯女人下午歇息了一会儿，这时可能正在穿衣服，今天的天气比昨天还要冷，雨下得很大，一方面，我想，谁知道她现在怎样想，也许她不想与我到松树林散步了，另一方面从天花板上的声响，也就是波斯女人住的房间的地面上传来的声音可以确定，波斯女人正在愉快地为约定好的到松树林去散步做着准备。我一面喝着啤酒，一面与女店主聊天，看着她总是穿着那件衣边已脏得洗不净的白色短上衣，在餐厅里走来走去地招呼客人，我再次思忖着，这是这个镇上唯一的一家旅店，已经相当破旧了，旅店中的一切都疏于打理，只要通过敞开着的门往厨房里看上一眼，你就不会再想到这个餐厅里吃饭了。这两位瑞士人可是别无选择，要想住在他们的建筑工地附近只能住在这家旅店。那位瑞士先生可能整天都开着汽车在外边为造房寻找人手和建筑材料，我想，他的生活伴侣一个人在旅店房间里歇息，我不知道她是否对散步感兴趣，也许她根本就不是一个喜欢散步的人，我请人家一同到松树林散步，却不知道人家是否愿意做这件事，她可能根本就不喜欢户外活动，尽管她与瑞士先生不同，她这位生活伴侣绝对没有时间散步，她是有时间的，但我如何会知道，从根本上说她能让人劝说去亲近大自然吗？我几小时前才认识她，对她还一点都不了解，就冒昧地邀请人家去散步，这事靠谱吗？女店主试图与我谈最近每周集市上的生猪价格，总是想听我对此的看法，而我却在想那位对我来说还完全陌生的人，我唐突地约她去松树林散步，也是该着，正赶上天气不作美，可以说正好是最不适宜散步的时候，这会儿雨下得旅馆外面一片昏暗，站在窗前看不见多远，幸好我带了一只手电筒，我边想边从裤兜里掏出它，按下开关试试，电筒亮了起来。在我喝完一杯啤酒之后，女店主又准备给我递来第二杯，我拒绝了，我想喝啤酒是不明智的，还是来一杯茶比较好。女店主这个女人在她的生活中只有做生意，她出生到这个世界上来就是为做生意的，她的头脑中想的都是做生意，别无其他，她整个人的存在只是为了做生意，持续不断地经商、做买卖，不管是哪一种，从她的脸上看不到别的什么。像这位女店主这样的人做生意就是一切。她的理智、情感，一切都与买卖、生意相关。做生意，无论经营的是什么，归根到底是她生活的唯一动力，生意是这样一个人生命的心肺。不过，女店主并不让我讨厌，相反，正是因为她在我面前表现出来的矢志不渝，极其难能可贵的始终如一，深深吸引着我，只要她在你面前出现就始终是这副样子，自始至终，一成不变。每逢我与她接触，都被她的这种始终如一所吸引，但她那坚定不移持之以恒的目的让我讨厌。既吸引我又让我生厌，使我的确总是很愿意与她接触，同她聊天，所以如此，可能也因为我和我的工作恰恰需要这样一种始终如一，我的所谓始终如一无法与她那种坚定不移、矢志不渝相比，很可能因此我羡慕她，尽管她那始终如一的目的让我讨厌，归根到底她所坚持、所追求的是她的生意、她的买卖，仅此而已。但是作为旅店老板，这位女店主的智商非同寻常。她的坦率让我着实吃惊。我尤其钦佩她的能力，即不遗余力地全身心投入到工作中，从不懈怠，她从不允许自己有片刻的放松和歇息，她必须永远保持旺盛的意志力量，这种情况常见于那些人的身上，他们年轻时就患上一种严重的、令其多年甚至许多年身子不能动弹的疾病，这位女店主患过严重的肺病，跟我的疾病完全相同，患病时的年龄，她也与我一样。这种人，在他们病愈之后，他们的生活会像着了魔一样，完全受制于一种极其可怕的生活方式，根本无法平静下来，一辈子生活在极度亢奋之中，生活在巨大意志力量的控制之中。可能正是这种我与女店主曾经共有的疾病，将我们俩联系在一起，让我们相互产生最大的好感和反感。正如我受到女店主的青睐和厌恶，女店主也让我产生亲近感，同时也让我讨厌。可是现在不是我来描述女店主的时候，目前我感兴趣的，只是在这个下午如何迫使她不去谈论那两个瑞士人，她总想把话题拉到瑞士人身上，尤其是拉到那个波斯女人身上，我总是想方设法强迫她回到关于她生意的话题，这样做谈何容易，要求我不断更新花招，因为她总是想要谈论那两位瑞士人，搬弄他们的是非。我对她的企图一目了然，总是在关键处把她的兴趣调动到她的生意上面，每次我都成功地阻止了她的欲望，让她的打算落空。在与她谈话的整个时间里，从她的言谈表情可以确定，几个月来，她对这两位瑞士人比对任何别的什么都感兴趣，她随时都在等待我的暗示，或者我在谈话中哪怕哪个地方有一点点直接或间接涉及那两位瑞士人了，她便立刻会摇唇鼓舌褒贬起这两位陌生人。她聚精会神地等待这样的机会，所谓时刻蓄势待发，但是我无意让她如愿以偿。首先我想通过瑞士人自身去尽可能多地了解他们，我觉得这样做更好一些。向一位女店主打听一个人的情况，无论你打听的是什么样的人，你就从一开始让脏水泼到了这个人的身上，我可不想这样做。我可以想象这个地方的人会怎样议论这两位瑞士人，从总体上说人都是冷漠和呆钝的，他们为瑞士人准备了些什么样的话语

57

是可想而知的，只能是卑劣的、糟蹋人的。根据我的经验，对于外地人，本地人心里总是疑窦丛生，绝无信任可言，如果说他们对外地人怀有情感的话，那只能是卑鄙和肮脏的，自然对瑞士人也不例外。一个外地人，即使他脾气再好，人再随和、顺从，任凭他怀有怎样的善良意愿，如果他知道了这种情况都不会到这里来的，他会在这里受到诬陷、屈辱，有许多具体事例证实，甚至会被消灭。而这个地方又是这一地区难以设想的最落后的地方。两个人几十年生活在一起，同居而没有结婚，除了知道他们有钱，其他什么都不了解，对这个地方的人来说这就足够引起他们的怀疑，足够让他们往这两个人身上扣屎盆子了。这个地方的人在这方面最肆无忌惮，对外地人来说他们每个人都构成致命的陷阱，一旦掉下去就别想还有生还的可能。如果说这两位瑞士人到此地已数月有余，那么他们对此应该不会不有所耳闻。那位瑞士先生在莫里茨家里在谈话中对此已有暗示，他对本地人应该已经心存警惕，认为这里的人胆子大得没有不敢做的事情，至少他们对公众是危险的。另一方面，就我在莫里茨家里的观察，这两位瑞士人的确太轻信了，说明他们还没有与本地人打过多少交道，还没有积累必要的经验，否则他们对待许多事情一定不会像现在这样。我当时就不理解，至今我也还不能真正理解，像

58

这两位瑞士人这样走南闯北、足迹遍及全世界的人，这样见多识广的人，竟然会在这个完全谈不上宜居的地方定居，不管他们这样做的理由是什么，我都无法理解。我想，这件事怎么想都透着蹊跷，它的背后自然会有某种不为人知的意图，我必须克制自己，不要把我的这个想法声张出来，若是女店主听见立刻会过来答对，会立刻谈她的看法，因为她肯定已经也在考虑，瑞士人想在这里做什么，定居这里到底有什么打算，而且肯定比我想得更多，但我克制自己，什么也没说，虽然我心里总在想，这两个瑞士人把房址选在这里到底意图何在，这想法占据着我的心，使我无法摆脱。瑞士人在这里定居肯定有某种打算。我现在考虑这些不会有什么结果，我想，现在来考虑这些为时过早。我现在想要做的是与波斯女人去散步。当我正与女店主谈到猪的饲养，提醒她明年存栏的猪不得超过六百只，我估计明年育肥猪的价格将大幅度下跌，尤其是像女店主所经营的这样的小型养猪场，正讲到这里，我听到楼上房间里响起比先前更快的脚步声，波斯女人在她房间里来回走了一会儿，便向走廊走去，然后下了楼梯。很快她就来到了楼下，我于是站了起来，我们走出了旅店。我发现女店主用一种很奇特的目光在后面盯着我们。为了与女店主聊天，我一大清早就阅读了《农业经营周报》，我订阅了这份报纸，每周星期五邮递员送到我家里，自然有关农业的各种信息我能及时掌握，这对与女店主谈话颇为有利；一方面我有了这份报纸，另一方面再动一番脑筋推断分析，在这方面我头脑的工作是很出色的。本地人都以农业为生，这也几乎是他们唯一的兴趣所在，如果想同他们聊天，绝对需要研读《农业经营周报》，除了谈论农业经营，他们就没有任何别的话题，如果不是还有对议论女人和外地人感兴趣的话。直至今日，在所谓高度工业化的时代，这一地区仍仅仅只有农业，也就是说仅仅以农业为发展方向。这也是我所以隐退到这里的最重要的原因，当时我突然对不断地到处旅行感到憎恶，为什么会这样我自己也很吃惊，要不了几天或者过上几周就换地方，实际上到哪里也无法待得更长一些，这种状况必须改变，我在科研工作上要想有所进展，就得首先要有个固定的住处，我的一位朋友二十年前就曾与莫里茨在生意上有来往，通过他我认识了莫里茨，莫里茨为我找到了现在的住房，就像十年或者十二年之后他为瑞士人介绍了现在这处地产一样，但是显而易见，我为我的房子付给莫里茨的钱很少，少得有点不成体统，而瑞士人则花费了一笔巨资，我支付的价格毫无疑问特别低，瑞士人显然付出了极高的代价，实际上我买的房子算不上什么真正的房子，而是废墟，没有门窗，甚至连门框、窗框也没有，如果本地人买这样的所谓房子花的钱肯定会更少，不过本地人有谁会买这样的房产呢，非得像我这样的城里人来这里买这样的房住。说起我买的这处房屋真是惨不忍睹：房顶四处漏雨，墙体虽然很高但几乎残破得不堪一击。但是我年轻，能把这么一处废墟收拾得适宜居住，我当时下定决心，半年内用自己的双手将这处废墟改造成我的家园。我几乎没有资金，尽量争取借贷，并不知道何时、以何种方式能赚钱还上债务，不过这些都没有使我气馁，重要是我要在这个世界上拥有一处只属于我自己的地方，它与外界隔开，自成一体，我可以在这里不受任何干扰，完全把精力放在我的科研上面。没有人能预料到，把一块废墟变成一处宜居的、坚固的房舍意味着什么。但这已不属于我在这里要讲述的题目了。我想要说的是，我所以选择定居在这里，是因为这一带地方的确远离尘世，尚未被所谓进步所触及，使我可能在这里集中精力全力以赴地从事我的工作，别的任何地方都没有这个可能，它们表面上看也符合我对居住地的设想，与我原来居住的地方相似，就是说其结构相同。因为我的前提条件是，我选择隐居下来的地方，有利于我工作的地方，应该与我原来的地方，即我离开的地方相似。我纯属偶然选中的新地方，这里的人也应该与我离开的老地方的人类似，同样的粗鲁和冷酷，必要时甚至是卑鄙无耻，对待任何新来乍到的人都有一副铁石心肠。自然这一带地方人的特点还不仅仅如此。也许他们比我老家的人还要粗鲁、还要冷酷和卑鄙无耻。有一点是肯定的，一个外地人来到一个他完全不了解的环境，走到他感到完全陌生的人中间，总是感到这些人比他们实际上更冷酷、更卑鄙。我在这个地方已经居住了十多年了，我的这种印象经过这段时间并没有减弱。我可以肯定，每个外来者在这里都会有同样的印象和感觉，也就是说，那两位瑞士人很可能也和我有同样的感觉，也许因为他们是两个人在一起，可能有助于使这种感觉有所减弱，不像一个人那样无助，对客观环境那样敏感，不过瑞士先生的生活伴侣，那位波斯女人，肯定与我的感觉一样，我们是一类人，与那位瑞士先生不一样，他是个厚皮钝脑的人。波斯女人为去松树林散步的着装别具一格。头上戴着一顶男帽，脚蹬男士胶皮雨靴，这鞋，我想，是她向店主借。她身穿的皮大衣显然不适合雨中散步，但她不顾一切就是要去散步。雨下得太大了，我无法举目看她，反过来她也无法举目看我，我们就这样离开了旅店走进林中，很长一段时间沉默着，踏着被雨水浸泡的落叶向前走着，脚下发出一种很特别的声响，我们俩听了并不反感，我们踩着积聚得越来越厚的树叶，本来我们可以不这样做，而是沿着正经的路走，但是我们没有认真注意脚下的路。两个事先并不相识的人，只不过匆匆见过一面，就结伴散步，通常开始都会较长时间地沉默，更不要说这两个人是一男一女了。谁首先打破沉默也没有一定之规。这次散步是我先开始说话，我问她脚上穿的鞋和头上戴的帽子是哪儿来的，我的猜测立刻就得到了证实，帽子和鞋都是女店主丈夫的，我对自己的判断很有把握，料定了不会有错，同时我也为我的观察力感到惊讶，我的确在第一时间里就认出了，那胶皮靴是女店主丈夫的胶皮靴，那帽子是女店主丈夫的帽子，我是从这两个物件的具体细节上进行判断的。谁长时间并且认真地在像我们现在待的这样一个地方生活，不久就会认识所有的东西，不久就知道那些东西是哪些人的，即便是涉及胶靴和帽子这样的普通物件，更不用说那些明显惹人注意的东西了。当然在感知和观察方面我受过特别系统的训练，因此我这方面的能力可能没有普遍性。具有这样一种能力有极大的好处，同时其负面作用也非同小可，有这种能力的人几乎总是不招人待见，只有极少数情况下才受人欢迎。一个敏感的人，什么都逃脱不了他的眼睛，什么都被他及时觉察，是不让人喜欢的，相反，他让人感到害怕，人们在这样一个人面前会小心翼翼，因为这样的人是危险的，危险的人不但让人害怕，而且让人憎恨，所以说我认为我自己也是一个让人憎恨的人。不过我本人认为我的观察和感知能力是十分有益的，经常甚至起到了拯救生命的作用。波斯女人脖子上围了一条毛围巾，她皮大衣的领子也高高地竖立着，又加上一条毛围巾，一条很讲究的英国毛围巾，可能价格不菲，我估计肯定是在伦敦买的，后来证明我的估计是正确的。有时她会脚下打滑身子歪斜，树林里到处起伏不平，我随时注意及时扶住她。但我们之间没有交谈，我曾问她，她的围巾是哪儿买的，随后我就后悔了，怎么会向人家提这样一个不该提的问题，我想还是就此打住，原路返回吧。我曾想带她去我家里，让她看看我住的房子，随后我又打消了这个念头，我想，刚和人家头一回约会散步，最好别接着就带人去家里，于是向她建议还是回旅店，坐下来喝杯茶，或者，我想，喝杯白兰地驱驱寒。细想起来，一路上我们没有交谈，或者说没有聊天，责任并不在她，而是在我，为什么这么说呢，因为我很久以来就已经根本不习惯与一位富有精神境界的人在一起，这位波斯女人，与她一接触我就知道她是这样一个人，与她的生活伴侣——那位瑞士先生——不同，他不是这样的人。我能对这样一次散步期待什么呢？到头来，我们俩，尤其是波斯女人，浑身湿透回到旅店，坐在旅店角落里，女店主为我们拿来两杯白兰地。在这里我们之间仍然无法设想能够交谈，一般的聊天也无法进行，女店主总是待在附近，她拿着毛线活坐在那里，期待听到我和波斯女人之间的谈话，看起来她是要长时间待在柜台旁。她就这样坐在那里等待着。但我与波斯女人之间一直没有交谈。的确我们之间也根本不需要可以被人听见的交谈，实际上我们早就在交谈了，尽管不通过发出声音的词语。我们默默地交谈，我们的谈话是一种可以设想出来的最热烈的谈话，说出声来的词语，为听觉组合排列着，是不可能具有如同沉默交谈这样的作用的。我们就这样在旅店又坐了一个多钟头，一言不发，却处在一种相当惬意的状态。我们的举动对女店主来说想必简直不可思议，自然是她所预料不到的。她又给我们端来两杯白兰地，记在我的账上，这中间她已经把胶靴放到炉子跟前，把帽子挂起来，把它们晾干。那件皮大衣她也挂在炉子上方的晾衣杆上。她一面织毛线心里一面在琢磨着，我真的很想知道她在琢磨什么。她的表情和她时而抬头朝我们望着的眼神里包含着许多问题，以及对这些问题的相应回答。这时忽然从外面进来一个工人，一个居住在此地运啤酒的司机，坐在旁边一张桌子上，向女店主要了一杯啤酒，我们俩的这种局面也随之结束了。女店主起身倒了一杯啤酒送到运啤酒车司机的桌上，这时波斯女人开口讲了第一句话。她说，

65

她很高兴与我一起到松树林散步。她接着说，多年以来她第一回与陌生人在一起，而不是总与她的生活伴侣在一起。在散步时她其实想讲话，但是硬是一句话也说不出来，她已不习惯开口讲话了。有多少话她想要讲啊，但她讲不出来。她说，实际上，这许多年来，她与她的生活伴侣同样是沉默地生活在一起。两个人之间无话可说，三言两语的闲聊都没有。年复一年与她的瑞士先生，一个与她已经没有共同之处的人，几乎总是无言以对。她没有说，她也已经无法与他分开了，这是我的想法。话就说到了这里，女店主重新坐到柜台旁，拿起毛线活，重又在倾听。波斯女人不再言语了，直到起身告别没再讲话。她让女店主把她的皮大衣取下来，大衣已经干了，给她披上，走回她的房间去了。我结了账也走了。明天是否再次邀请她去散步，这样做是否合适，我犹豫不决。我一整天都待在家里，确切地说，待在楼下，整个上午和大半个下午我的头脑里都是波斯女人，我忽然想找本书读读，将自己的思想从波斯女人身上移开，很长时间了，肯定有几个星期了我都无法读点什么，现在我终于能够到书房里去了。我利用楼上最小的房间作所谓书房用，将它布置得使我身在其中的确不能做任何别的什么，只能读书，研究文件资料，为此我在房间里只放一把椅子，位于唯一的一扇窗户前，这绝对是

66

一把普通的椅子，不会给坐在它上面的人以任何舒适的感觉，是与阅读这个目的最相匹配的工具，如果我决心读书，就可以在窗前坐在这把木椅上，埋头读任何一本想要读的书，这天下午，我记得很清楚，我坐下来读的是叔本华的《作为意志和表象的世界》，这本书是我外祖父的藏书，我继承了下来。每逢我要把阅读纯粹当作一种乐趣，一种全面洗涤自己心灵的乐趣时，我就拿它来读。《作为意志和表象的世界》这本书还在我刚刚跨入青年时代时，就已经成为所有哲学书籍中对我最为重要的一部了，它能让我的头脑感到彻底清爽，它的这种作用在我身上可以说屡试不爽。我发现，没有哪本书拥有它那样明确的语言和同样明确的思维，没有哪部文学作品能够像它那样深刻地影响着我。与这本书在一起我总是感到欣喜。但是读一本非同寻常的书须具备相应的必要的物质和精神准备，能做到这本书所要求的必要的准备，在我来说实属罕见，难得有机会与这本非同寻常的书在一起，这是真正决定世界发展的一本书，像极少数其他一些博大精深之书一样，它们对其阅读者是很挑剔的，只有当它们遇到具有非凡能力的人时，就是说，非凡的接受能力和非凡的接受资格时，它们才敞开自己，让人去探索和辨识。这天下午我感到这样的机会来了，我强烈地感到自己具有了这种能力。邂逅波斯女人毫无疑问拯救了我，将我从不仅是旷日持久的，而且应该是最长的一次孤独和绝望中解救出来，使我的确具备了这个能力，也可以说这是与波斯女人一同去松树林散步的结果，表面上看这是一次令人扫兴的散步，但实际上其作用刚好相反，它使我经过如此漫长的等待之后，又可以平心静气地待在我的书房里了，又可以享受读书的惬意，而且可以读《作为意志和表象的世界》了。这还不算，完全出乎我的意料，在我看书看了一个小时，或者稍多一点时间之后，心中忽然产生了要进行科研工作的强烈要求，我站了起来，走出书房，打开了我的工作室，这里锁着所有我的科研文稿，以及相关的资料和书籍。好几个月里，由于我已处在极其绝望的境地，无法来看这些文章和关于这些文章的文章，以及这些书籍和关于这些书籍的书籍。这种状况现在终于结束了。在这里我得说明一下，近年来我经常陷入一种极度消沉和绝望的境地，其原因可能总是同一个，即不满与自己相关的一切，一种持续不断的、折磨着我的不满情绪，现在回想起来，真的总是不能理解，我怎么会重又摆脱了这样的境地，真是越想越不明白，由于在工作方面的消沉和绝望，导致我这一次整个人陷入极度绝望的境地，我的精神和身体数月之久失去了生机，是迄今为止最严重的一次发作，我的确认为，假如那两位瑞士人，尤其是瑞士先生的生活伴侣，那位波斯女人，没有出现在这里，那么这次持续数月之久，历经整个夏天和秋天的发作肯定会要了我的性命。我的这种疾患频繁发作，自然是越来越严重的，这病折磨我几十年了，开始时几乎不易察觉，症状很不明显，以至于可以忽略不管，后来，随着我开始从事自然科学研究，开始认真写作自然科学和哲学论文，疾患的发作就一次比一次加重了，起先只是零星的症候，最终明显表明是疾病，而且确实是一种严重的疾病。如果说当初我还抱有治愈它的想法，后来的情形证明，这种想法是极其幼稚的，即使瑞士人的出现也并不意味着出现什么根本的转机，而只是一种病情的缓解，自然更谈不上什么痊愈，只不过是疾病过程中的间歇，我甚至可以设想，这个病在我身上已经存在几十年了，直至今日仍然折磨着我，我肯定，我这一辈子也无法摆脱它。那两位瑞士人的到来诚然使我的病情得到缓解，他们的到来自然也不可能起到治愈这个病的作用，他们的出现只是打破了我长时间龟缩在家的局面，仿佛我预感到，他们会造访莫里茨，于是我在自我封闭很久之后，破天荒走出家门，去拜访莫里茨，这一切绝非偶然。如果说先前每当我的病严重发作，我便走出家门穿过树林来到莫里茨家也就足够了，那么此次，应该说是最严重的一次发病，只是来到莫里茨家就不够了，当我那个下午发疯似的在莫里茨面前竭力倾诉藏在心里的一切时，我意识到我的这种努力将没有任何用处，绝对将是徒劳无益的，无论我对拜访莫里茨寄托了多大希望，如上所述，我甚至下了决心在他面前分析我的病情；我得承认，我到莫里茨那里总是把莫里茨看作一位医生，即一位治病救人的大夫，一位精神和肉体的拯救者，今天仍是这样，每逢我找他，也许他根本就不知道，我到他那里是期望他充当这样一个角色，起到这样的作用，我到莫里茨那里，就是将堆积我心中的精神和情感垃圾向他倾倒，但是在那个下午，我这样做肯定没有用处了，我的种种努力肯定徒劳无益，尽管莫里茨太太帮助我，还有莫里茨母亲和他的儿子，他们总是十分慷慨地关心我。这一回我还像往常一样，还用过去的做法，去拜访莫里茨，会被证明是毫无意义的了，我在去莫里茨家的路上就知道了，不仅是感觉到了，而且是明明白白地知道了，还没等我走进莫里茨家，我就准备承受失败，彻底的失败，就是说一败涂地，走向毁灭。除非是处在与我相同的境况，否则没有人能懂得我在莫里茨面前彻底袒露自己的内心意味着什么，我勇敢地把掩藏的关于我的一切披露出来，对自己没有丝毫的吝惜，自然对莫里茨也是如此，肆无忌惮、毫不吝惜，处在精神和情感野蛮、残酷的大发作中的我，对我的和他的人格完全持无所谓的态度，的确头脑中没有一点要吝惜和保护的要求。到底我的病最近这次最严重、最糟糕的发作是什么原因引起的，为什么会如此这般厉害，不能仅仅从我的科研工作中去寻找答案，不错，这项工作使我感到空前吃力，常常让我不堪重负，让我有种被戏弄和刁难的感觉，促使我的精神几近崩溃的边缘，但这只是一个方面，发作的原因还要在围绕着我的周遭，在或近或远的、最宽泛的客观环境中去寻找，是它们让我的病情加重，尤其是与我直接相关的社会环境，它的卑鄙、狡诈和恶毒逐渐地，无论以何种形式出现似乎都明显地追随一个目的，那就是击垮我、毁掉我，对此我没有力量抵挡和抗拒。意识到自己在这种击垮和毁掉我的威胁面前，没有任何力量反抗，受不到任何保护，加之我在科研工作方面的无能和绝对的束手无策，也就促使了我疾病的可怕发作，这个国家以及整个欧洲糟糕的政治状况也许是导致这一灾难发生的决定性因素，政治方面的一切都在朝着与我坚信的相反方向发展，我一直以为我所相信的是正确的，直至今天也毫不怀疑我的观点。在这个时候政治状况突然恶化，其情形只能用"令人恐惧的"和"致命的"来形容。几十年的努力在少数几周内就化为乌有了，本来就极不稳定的国家，的确在几周内就崩溃了，像在最糟糕的统治者当权的最糟糕的时代里一样，

71

迟钝、冷漠、贪婪和虚伪一下子又充斥这里，当权者又肆无忌惮地在铲除精神。多年来我所观察到的对精神的敌视达到了新的高潮，统治者要求人民，或者更确切地说，要求民众去谋害精神，煽动他们围剿精神和头脑。突然一夜之间一切又在独断专行，数周、数月里我深受其害，亲身体会到人们如何在谋害有思想的人。那种把一切不适合于自己的都要铲除掉的平庸、狭隘的民众意识，尤其是在思想和精神方面占了上风，突然受到政府，不是个别的某个政府，而是欧洲所有政府的重视，为它们所利用。只追求物质财富和感官享乐的民众行动了起来反对思想和精神。"必须怀疑和围剿思考者"，这个陈旧的口号如今又时髦起来，重新以令人极为恐惧的方式指引着人们的行动。报纸上的话令人憎恶，报纸一向都在说令人憎恶的话，不过最近几十年它们不像以前那么鼓噪，那么咄咄逼人，而是压低了声音，现在它们忽然认为这样小心翼翼没有必要了，便放肆起来，几乎无一例外地卖力地取悦民众，所作所为与民众别无二致，成为杀害精神的刽子手。在这些星期里，对精神世界的梦想被抛弃，被丢到了垃圾堆上。思想和精神的声音沉寂了。头脑龟缩了起来。这个世界到处充斥着暴力、阴谋和卑鄙无耻。在这样的环境里，加之我的科研工作停滞不前，我的内心受到巨大的打击，导致我整个人十分消沉，使我变得异常脆弱，以至于最终造成我的疾病恶性发作。我这个人总是很容易受各种因素的影响，由于顷刻之间一切都变得很糟，而且越来越无法躲闪和回避，越来越令人感到可怖和震惊，因此我的疾病势必会以前所未有的严重程度恶性发作。对于一个生活在农村的人，就是说隐居到农村，必须在那里生活，因为他如我一样，重病之后，只能被迫选择这样一种可怕的农村生活，对于这样一个人来说，这种可怕的农村生活所造成的影响，要比对于一个生活在城市的人更厉害，因为如同我一样，由于从事脑力劳动而生活在农村的人，他的头脑坚持不懈地高度集中于他的工作，同时，对于一个像我这样敏感的人来说，接受到的一切其他干扰又在强烈地、持续不断地挤压着我的头脑、精神和情感。我经常后悔撤离城市来到农村，要是当初留在城市该多好。即使我的父母都是乡村人，我本人也不是，尽管我对农村十分熟悉，我也不是农村人；我对城市也十分熟悉，与农村相比我更喜欢城市，确切地说我几乎总是憎恨农村，在我的回忆里它几乎总是折磨我，折磨和凌辱我，就卑劣和阴险而论农村远远超过城市，还有残忍和野蛮，农村比城市更严重，达到毫无羞耻可言的地步，与城市相比，农村完全是精神的沙漠。我所以到农村来生活，其理由数以百计，但最重要的理由有两个：其

73

一，医生说过，由于我患有肺病，要想活下去只能在农村生活；其二，为从事科学研究，撰写我的自然科学论文，我绝对心甘情愿牺牲掉城市。为此我付出了昂贵的代价，我付出了最高代价。我总是感觉在农村生活是对我的惩罚，因为归根结底我的本性是有悖于农村生活的。只要我生活在农村，我每天都得劝说自己，我所以在这里生活，完全是因为我的肺病，因为我要从事自然科学方面的研究。对于像我这样一个人，农村生活是一种更加可怖的生活方式，如果对我来说还谈得上有什么生活方式的话，很可能根本就谈不上。我每天都对自己说，因为我生活在农村，所以我存在，我生活在这里，我就存在在这个世上，假若我没有来到这里，而是留在城里，那我就活不成了，就不存在了，也许我这种想法从根本上说是极其荒谬的，因为我是否活着，是否生存，其实都是无所谓的，但我想，如果有了这样的想法，就必须去思考，必须尽可能思考得彻底。生活在农村，我的头脑每天都面对这样无情的事实：我的牺牲是毫无意义的，因为我的生存是不健康的，是充满着疾患的，我的科研工作是没有实际用处的，是失败。但我没有勇气承认这样一类的事实，没有勇气对自己来了个断。我总是没有这样的勇气。我这一生总是想到自杀，但从未付诸实施。后来，这两位瑞士人出现了，尤其是波斯女人，

74

不知出自什么原因，从一见面她就让我着迷，出于许多决定性的理由，也许出于许多或者说成百上千与我性命攸关的理由，它们集中地体现在波斯女人身上，让我看得见，并且立刻就可以为我所用，于是我干脆竟留恋起我的生命、我的生存了，不管这情形是多么可笑、多么不知羞耻，接下来又多么令人沮丧。这总是令人厌恶，随后又让人加倍沮丧。但我总对自己说，有朝一日我一定会做，必须做，我一定会自杀，我的生存已失去了目标，总是一再继续这种绝对毫无目的的生存是没有意义的。我问自己，这是为什么，怎么可能会是这样，邂逅这两位瑞士人的第二天，我就走近了我那些自然科学的文稿，我就能够到楼上书房去，并且读起《作为意志和表象的世界》来，最后甚至于想到要重新开始自然科学研究项目，从半年多之前中断的地方重新开始，那个时候我不得不中断了我的科研工作。我问自己，怎么可能会是这样，偶然见到这两位瑞士人的第二天，我就变得不再那么沮丧，而是很渴望生活，以前历次疾病发作都不曾有过这样的推陈出新的效果，只能使我恶劣状况有所减弱，并不能消除，我想正是这次发作的激烈程度造成了奇迹，出现了极不寻常的解放，使我摆脱了病魔的纠缠。当然这解放只能持续短暂的几天而已，两三周之后我又重新陷入深度的沮丧状态，这是后话。这两位瑞士人的出现，加之莫里茨及其家人的配合，使我在较长一段时间里，甚至可以说，在迄今为止最长的一段时间里没有发病，在两次疾病发作之间，我还从未有这么长时间基本上可以说逃脱了疾病的折磨，像在我与波斯女人经常散步的这个时期这样，几乎完全恢复了正常状态，在这里我着重谈的就是这个时期，假如我没有到乡村来，那么我的病也不会恶化得如此厉害，病情的恶化是我开始在农村的生活后逐步加剧的，但是假如我留在了城市里，我肯定现在根本就不存在在这个世界上了，因此最近我反复考虑，是否当时留在城里不到农村来更好，我认为这种考虑是没有意义的。也许当时我买房产找的不是莫里茨会比较好一点，找到的地产中介是另外一个人，在别的什么地方买了房产，而不是这处废墟，可能就是这处废墟给我带来了不幸。我也一再认为这房子的潮湿和寒冷的墙壁是我发病的原因，我在这里生活，而且信誓旦旦，无怨无悔，其实这里是可以设想得到的最有害健康的地方。如此说来，一方面我离开了城市，因为那里有害于我的身体，另一方面我来到了乡村住进这栋房子，它可能比我住在城市更不利于健康。年复一年总一再这样考虑着，自然不会有任何结果。很可能我自己对这处废墟的改造害了我，整个改造过程只是我一个人单枪匹马在干，几乎没有别人帮忙，许

76

多年里我没有干别的什么，整天与砖瓦水泥打交道，极不负责任地消耗着我的身体，这很可能导致了后来我的病越来越厉害地发作。另外还要知道，这个地方是全国最荒凉的地方之一，在这个地方居住的人恰好与这荒凉的、从根本上说不宜人居住的地方相匹配，这里的人如同这里的环境。我肯定到了一个不适宜于我生活的环境，在这里我从来不会有在家的感觉，如果说在这里还能用"在家"这个词的话。与这里这样的环境我只能保持抵御的关系，这是一方面，另一方面我所以在这里购置这处废墟，就是因为我的房子所在的地方，其环境与我离开的地方的环境十分相似。但所有这些想法都于事无补，我越是反复地思考这一切越是混乱。如果说我到这里来遇到了这样一些可怕的困难，那么现在这位波斯女人在这里，我想，在这个对她来说全新的、肯定同样无所顾忌、恣意肆虐的环境里，会遇到多少更大的困难啊。一方面我想，那位瑞士先生的存在会减轻这个环境带来的困难，常言说，一个人搬不动，两个人抬着跑，两个人在一起会比单独一个人容易战胜困难，另一方面我又觉得说不准，是否正是这位瑞士先生，尤其是他那副样子，就是说他的性格，使得波斯女人的处境无比困难。我们坚持不懈地试图揭开幕后的真相，但一无所获，反而使本来就复杂、就反常的事情更加复杂和反常。我们寻找造成我们这种遭遇的责任者，如果我们实话实说，那么大多数情况下我们可以称这种遭遇为不幸。我们不断地思忖，我们还可以做别的什么，怎样把它做得更好一些，什么是我们本来也许不应该做的，因为一切都注定如此，思来想去也不会有什么结果。于是我们说，灾难是躲避不了的，然后让自己——哪怕是短暂地——休息一下。然后我们又会从头开始提出问题，没完没了，刨根问底，直到把我们自己弄成了半疯。我们每时每刻都在为我们的不幸寻找责任者，一个或几个，以便我们至少能在短时间内感到一切都可以忍受，如果我们不是自欺欺人的话，那么自然最终总是找到我们自己。虽然我们大多数时间里不情愿，但我们容忍了我们必须生存这个事实，因为我们别无选择，而且只有当我们每天或者说每时每刻都一再重新忍受这一事实，我们才能生活下去。不管我们到了什么地步，我们，实事求是地说，一辈子都很清楚，我们是走向死亡，只不过大部分时间里我们都在回避，不去承认这一点。因为我们确知我们做的一切不是别的，都是在走向死亡，因为我们知道这意味着什么，所以我们试图游刃有余地掌握一切可能运用的手段，把我们的视线从这一认识上转移开去，因此我们，如果我们仔细观察，就会发现，在这个世界上所有的人都在经久不息地、一辈子无休无止

78

地忙着转移他们的视线。这一行为是人生在世最主要的行为，它减弱着同时自然也加速向死亡发展的整个过程。那个瑞士人到来的下午，我坐在莫里茨办公室的角落里，在我一旁观察的时候，在我观察那两位瑞士人时，我有了上面这个想法。所有的人，无论是谁，我想，都不由自主地回避着无论如何都要面对的死亡，他们受这一行为的主宰。所有的人所做的一切其实都是在回避死亡。而我恰恰在莫里茨面前时脑子里能够产生这样的想法，能够同莫里茨谈论关于死亡的想法，真是令我吃惊。每当我们身边有一个人，一个与其可以无所不谈的人，我们才会坚持生活下去，否则不行。我们必须到一个莫里茨那里去，倾诉我们心中的一切。现在我有了波斯女人可以与她述说我的想法，进行与此相关的谈话，她没有让我失望。如果说在见到波斯女人的第二天，我曾打算绝对不离开我的房舍，因为我忽然觉得又可能待在家里了，觉得待在它的每个房间里都是享受，在每一个迄今为止因觉得其可怕、可怖而关闭上锁的房间里，我现在至少可以整天待在里边，详细研究着每个房间的用处，真正地去享受它们，我来到书房，来到保存我的自然科学研究论文的房间，不管在哪个房间里，心里总是在想，在这座房舍里现在我一下子又可以生活了，不必再总是忐忑不安的了，不必再无论对什么都感到害怕了，如果说见到了波斯女人后我的想法是这样，那么现在我忽然决定到外面去，离开这里，至于去什么地方，往哪里走都无所谓，于是我可以说冲出了房舍，越过潮湿的草地，走进了树林，不过我的心境与前一天完全不同，不是惊恐，而是充满了信心。我的情绪安定了，我的头脑澄明了，这是一份我得到的馈赠，在二十四小时之前根本想象不到的馈赠，我快步走着，走着，不断地有意识地走点弯路，为的是将我逃脱了我那可怕的疾病而获得的精神自由，尽量保持得长一点，为的是让自己尽可能忘记身患不治之症，忘记由此而产生的痛苦和折磨。这个晚上我在草地上、在林子里走得筋疲力尽，发现草地上和林子里的一切忽然是另外一副模样，它不再伤害和毁坏我的内心，还有那些我尽管想躲避但又不得不见的人，也不像一天以前那样让我没有好感。我的生活似乎又过得去了。尽管我知道这种状况不会持续多久，但目前我顾不上这些了。头脑突然之间感到了轻松，还有我的躯体，突然之间摆脱了一切痛苦和尘世上一切可以设想得到的屈辱，这一切让我感到了幸福，没有什么再迫使我去思考去分析自己了。就是在这种心境中，傍晚我没有回家，而是去莫里茨家，我敲门，莫里茨太太立刻打开了房门，让我上楼到莫里茨办公室坐。莫里茨不在家，他太太说，他很快就回来，莫里茨太太总是有很多家务要做，扔下我一个人，我有充裕的时间从容地观察从我坐的角落里可以看到的一切，对于所观察的事物，包括那些在房间里放着的最普通的物体，从容不迫地观察是必要的，我很长时间不能这样做了。现在在莫里茨的办公室里，我可以完全自然而然、不受任何拘束地专注于对物体的观察，不会感到被这些物体所挤压和窒息，它们根本没有这样的性能，但是这些物体，尤其是在莫里茨办公室里，总是具有这样做的能力，经常，而且几乎每次都是在我发病期间，恰恰就是在这个房间里，感觉到其中的物体挤压我，令我窒息，现在我可以从容地打量它们，任凭我对它们观察，它们并没有对我发出任何威胁。没有什么想法来阻止我，不把所有这些物件作为看上去自然而然的物体，这些物件，箱子、扶手椅、桌子、写字台，等等，根本不像我大多数情况下一定看到的那样，看起来那么可怕、那么咄咄逼人，在大多数情况下我不得不这样看待这些物体，仿佛它们存心挤压我，让我透不过气来。我一面听到莫里茨太太在楼下干活，弄出的声响传了上来，一面在对周围物体的观察中，让莫里茨办公室的这些物体返回到它们本来的功用上，让箱子、扶手椅、桌子、写字台恢复它们实际的功能，不让它们再伤害我、惊扰我。在这间所谓公文夹屋里，这间对我来说颇为臭名昭著的办公

81

室里，我有什么没有看到啊，每当我在这里四下看，我就是在最可怕、最恐怖当中朝四下看。如果我朝四下看，那么我在这间办公室里总是看到无耻下流和令人毛骨悚然的世界。现在不一样了，现在我面前的办公室就是它本来的样子，它是一间舒适的，可以说很舒适的、很让人觉得亲近的办公室，作莫里茨的办公室再合适不过了，两扇朝西的大窗户，使整个房间始终保持明亮和空气清新。关于房间里的布置当然并非无懈可击，但是我想，我没有任何权力怀疑莫里茨在这方面的趣味，尤其此刻，我正好坐在人家的房间里。想到这里我眼前又出现了昨天我在这里看到的情景：穿着毡子拖鞋的莫里茨，那位瑞士先生身穿商店里购买的那种灰色西服套装，虽然说莫里茨办公室很暖和，那位波斯女人却一直穿着皮外套，领子高高地竖立着，估计这是产自她家乡的一种羊皮外套。我现在的确也看到了坐在角落里的我，仿佛我正在我座位的对面默默地观察着我自己，这时屋里的其他人在谈话，我已经因为疾病的发作完全筋疲力尽了，很长时间里无法说出完整的句子，只是时而说些只言片语，或者一个短短的作为莫里茨直接向我提问的应答，否则就一直沉默着，感觉浑身一点力气都没有了。这是昨天的情况。现在在这间办公室里空空的，昨天的那几位都不在，我一个人坐在角落里随心所欲地一会儿把他们弄进来，一会儿又让他们消失，心满意足地做着这样的想象游戏，一直做到莫里茨回到家里。我听到他已经到了前厅，每逢他走进前厅都在大声地讲话，边脱掉大衣边问晚饭做好了没有。莫里茨太太立刻对他说，我来了，在办公室等他。莫里茨没有再做别的，直接走进了他的办公室。他开启一瓶葡萄酒后，在我对面坐了下来。现在的情景与二十四小时之前迥然不同。我现在想安安静静地听莫里茨讲关于那两位瑞士人的情况，他是怎样与这两位瑞士人做起生意来的，自然也特别想知道为什么他从来没有跟我谈起他们，他应该知道，这两个人比所有任何人都会使我感兴趣的，他从未跟我提及过他们，而平常只要他遇到了什么人，尤其是有趣的人，总是要跟我说说的。现在莫里茨让我注意这样一个事实：我已经有三个多月没有到他这儿来了，也就是由于这个原因他没有能够跟我讲瑞士人的事情。我自己并没有觉得已经这么久没到莫里茨家了，但是他没有说错。我在这三个月里把自己关在家里，三个多月没有离开过家门，就是说，没有到外面去，想想真是不可思议。真的，三个月里没有跟任何人说过话，我觉得，这么久，真是太可怕了，不会是三个月吧，怎么可能呢，不过当我为了去接波斯女人散步走进旅店时，当时女店主的表情不能不让我感到异样。她当时不是说，她还以为我

83

已经不在这个世界上了吗？人们总是对一个他们很长时间——长得超过了正常时间——没有再见到过的人这样说。她说，她以为我已经不在这个世界上了，她这话我听见了，不过没有理会。我的确三个月之久没有离开过家门，靠着储存物资过活。三个月惊恐不安地关在房里，结果我的样子自然是惨不忍睹，人们看到我又露面了，他们瞧我的神情肯定是怪怪的，他们大家脸上的异常表情是从来没有过的。本来他们就不待见我，现在在所谓自我封锁在家三个月之后，更觉得我这个人异乎寻常的可怕了，他们每逢见到了我的反应就是这样。当我去镇上见波斯女人时，他们在我的背后看我的那副眼神是从来没有过的，比以前更加充满了狐疑和猜测。但是我不能让他们弄得手足无措，乱了方寸。我对莫里茨说，在他回家之前，我完全沉湎于观察他的工作间，他的公文夹屋，我告诉他，我非常平静、安详，心中没有任何一点激动的波澜。他给我讲述他去基希多夫的情形，花费了整整一个下午的时间到那里去，其间获悉了不少新鲜事情。新的地产和新的人物。在基希多夫他买了一支一九四二年生产的卡宾枪，他很得意，买得特别便宜。他走出去把枪拿了进来，将它举到空中，我以为他会向窗外射击，但他将它放下来，拆卸开来检查，给我讲解它的性能，然后把它放到墙角处。若在往常，他本来会借题发挥讲起他那些战争故事，我都听得耳朵起茧子了，但这一回他并没有讲这样的故事，也许他太累了。他说这一地带的人绝对是他所认识的最卑劣的人，他们迫使你每逢与他们打交道只能以毒攻毒，用同样的卑劣去对付他所遭受的卑劣。归根到底他们只能被利用和被欺骗。跟他们在一起人们总是忘记是和人在一起，的的确确是这样。他总是在外出旅行中发现人性顽劣和卑鄙的新的事例，以前我也曾经常随他一起外出，为的是摆脱烦扰我的科研工作，离开我的房舍，逃脱工作的羁绊和生存的监牢，也为了，像他一样，总是可以了解许多新的人、新的把戏和新的令人厌恶与令人心寒的卑劣行径，这样一些外出旅行总是既让他疲惫不堪又让他精神焕发。我想到，我与他结伴外出旅行已是很久以前的事了，我就以这种方式认识了整个国家，包括犄角旮旯儿，认识了形形色色的人和事。在我一生中，再没有比与莫里茨一起旅行更能见识和了解人的了，做包括地皮在内的各种各样的不动产的中介，寻找卖主和买主并与其做生意，这以前是、今天仍然是莫里茨的生活内容。他的生意总是做得很好。偶尔，他也禁不住诱惑，做出某种蒙骗人的事情，但从来不会是伤天害理的，况且这种情形在他那里毕竟是罕见的。莫里茨是我一生所认识的最富有个性的人之一，尽管到处对他的评价总是与此相反，对他的评说总是负面的，现在仍然如此。任何时候几乎没有谁像我这样更了解他的为人，更能看透他。正因为他被大家所歧视，实际上甚至所憎恨，我才被他所吸引，对被歧视和被憎恨的人我总是情有独钟。他做买卖与别人做买卖相比并没有什么两样，他买进卖出，买进卖出房地产，如同工人做工，如同农民在草地和农田上劳作。也如同神父做弥撒。只不过他做事情更喜欢多动脑筋，也更随心所欲。他的工作、他的买卖所以比其他人兴旺发达，原因不在于他做什么，而是他怎么做。他们嫉妒他的一切，夜以继日地盯着他，妒火中烧。我觉得这些人无一例外地都令人憎恶，都很低级。他们诅咒他，咒骂他的妻子、他的母亲和他的儿子。他们把"掮客"这个头衔居心叵测地加在他身上，但这并不妨碍他们腆着脸与他做生意，经常是他不得不拒绝与他们进行肮脏的交易，因为他觉得他实在无法接受。无论是农民、工人，更不要说不动产持有者，每逢他们想要做生意，才显露出他们的卑鄙无耻。莫里茨从来没有像他们这等卑鄙无耻。他没有显赫的家庭出身，他从不否认这个事实，他不追求奢侈，他生意的规模也不允许他这样做。我认识的人中，没有谁像他那样把自己的家庭供养得那么好。不错，他把一处潮湿、阴冷的、白天大部分时间不见太阳的草地作为地皮卖给了那两位瑞士人用来造房安度晚年，谁能因此就责备他呢，许多年里他就等待有人来购置这块地皮，多年来他领着足有数百位有意购买者，穿过公墓和树林到这里来实地观看，结果都是徒劳一场，他赢得这宗生意是无可厚非的。那瑞士人心甘情愿购买这块地皮，花再多的钱也在所不惜。是他们自己挑选的，他们相中了它。莫里茨回答我的问题说，两位瑞士人看到了他登在《新苏黎世报》上的一则地产广告，八月底从瑞士直接来到这里，他到火车站接他们，然后立刻穿过公墓和树林来到那块草地，他们立刻就决定买下它。也就是在不到一刻钟的时间里，他们就和他拍板成交了。这使莫里茨立刻想起我在他那里购置地产的情形，我决定买下那处废墟和上面有废墟的那块地皮，也不过就是十分钟。那瑞士人只不过瞥了一眼草地就同意购买，接着莫里茨便领着瑞士人去旅店草签购买合同。同时，他，莫里茨，并非没有提醒瑞士人，让他们注意这块草地作为地产的所有不利方面。但瑞士人购买这块地产的决心坚定不移。任凭你怎样说也休想改变他们的主意。他，莫里茨，没完没了地列举这块草地作为房产的种种不利因素，甚至于说得兴起，竟不惜夸大这块地皮的种种弊病，然而也都无济于事，丝毫也未撼动瑞士人的决心。这块草地最终归瑞士人所有，成了他们的财产，与每次买卖成交后的安排一样，莫里茨

87

首先招待瑞士人住进旅店，然后还要在家里设晚宴款待他们。莫里茨太太的烹饪手艺堪称一绝。据我的回忆，瑞士人在我后来与其相识的那个晚上，仍念念不忘那顿晚餐，整个晚上都在津津乐道莫里茨家的厨艺。莫里茨说，关于售价没有任何争执。虽然说瑞士人一向以擅长于讨价还价闻名，从来不会不压价就付款，但这一回瑞士人一反常态，根本就不还价。莫里茨，也算是地产界一位资深的经纪人了，还从未见过买方对待这样一桩连他莫里茨也认为是不折不扣的不公平交易，不但不抱怨，反而无比兴高采烈，仿佛捡了个天大的便宜。莫里茨说，他原本想这桩生意成交之后立刻向我通报，但他到我住处却吃了闭门羹。他不想硬闯进去打扰我。我如此长时间，能有三个月了，没有去他家里，他以为我与他之间发生了龃龉，但他无法解释，不知道这是从何说起。他想，不定哪一天我又会去找他的。说我与他之间产生不睦，的确无从谈起，我只是把自己关在家里，独自一人来打理我的消沉，我的日益严重的沮丧情绪，以及我的病痛，不想以此烦扰别人。这种状况竟然持续了至少三个月之久，现在我想起来仍觉得可怕。我对莫里茨说，我对这两位瑞士人特别感兴趣。他们打算在此地定居，我觉得对于我大有好处，我甚至已设想到，他们是理想的可以与之聊天的邻居，当然不是与那位瑞士先生，而是与他的生活伴侣，那位波斯女人。我想，我在这里许多年欠缺的，有望不久在瑞士人这里得到，他们是我可以与之建立思想交流的人。我对莫里茨说，最近一段时间没有任何一个人像这位波斯女人那样使我感兴趣，她的敏感，以及她显然受到的高等教育都是罕见的，我有意识地说最近一段时间，而不是说多年来。在这里的漫长岁月里，尤其难得遇到一位所谓操外国话语者。我的住处和瑞士人住处之间的距离既不太远，也不太近，正合适，我已经看到自己在定期地去拜访这两位瑞士人。与那位瑞士先生谈话，可能围绕一切现实的和寻常的事物比较好，与他的生活伴侣谈话就不一样了，肯定总是富于哲理的。此刻我已知道，她喜欢音乐，她似乎很懂音乐。初次与她见面，在她的言谈中就夹带着不少这方面的概念和词语，比如她提到了舒伯特，尤其是舒曼，我恰好也喜欢舒曼，最近几年我特别关注舒曼的音乐。我喜欢那些认为没有音乐就无法生存的人，他们和波斯女人一样，不论他们说什么，其中都体现着这个观点，哪怕他们有时并不说出来。这位在大学读过哲学的女人，对她来说，哲学从一开始就不陌生。我一直很喜欢所谓有哲学头脑的人，不喜欢我一生中曾见到过的那些搞哲学的哲学家，他们这些人与真正的哲学家没有任何共同之处，我始终厌恶他们那些说教式的哲学，厌恶那

89

些所谓哲学家的胡诌八扯。今天不是哲学家的时代,所有今天自我标榜为哲学家的人,实际上都是伪哲学家,他们这样称谓是在蒙骗人,他们都是些卑劣的、头脑迟钝的、浑浑噩噩的哲学反刍动物,所有这些人,他们的生存完全靠在课堂上和在书籍市场上,兜售数以千百计的来自二手、三手或者四手的陈旧思想观点。现如今没有哲学家了。但是有具有哲学头脑的人,我愿意称自己是这样一个人,也许波斯女人也是这样一个具有哲学头脑的人。自然每一个哲学家也只是一个具有哲学头脑的人。我对莫里茨说,如果有机会的话,对此我一点都不怀疑,一定是有机会的,那么我便很快就可以去瑞士人那里与他们谈音乐,反过来波斯女人会来找我进行富有哲理的谈话。于是冬季从下午四点钟已经开始的夜晚就不会那么漫长了。莫里茨原本打算带瑞士人去看另外一处地段,但在去那里的路上天晓得不知道怎么经过了这块草地,莫里茨顺便就把这块地方指给瑞士人看了,根本一点也没指望能把这块地皮卖给他们,而瑞士人看了后,准确地说,应该是那位瑞士先生看了后,立刻决定要买这块草地,不想再继续看别的了。要购置地产的顾客,一定要买无论如何一眼就看出来是一块无法出手的地皮,而且是立即买断,不再去别的地段,这样的买主莫里茨还从未见到过。这位瑞士先生立刻就让莫里茨感觉到是一位财力雄厚的买主，他决定买下这块地皮完全是自作主张，丝毫也没有受莫里茨的影响，相反，莫里茨甚至还再三劝告瑞士先生，要不要再看一处地产加以比较，但瑞士先生拒绝了他的建议。在交易过程中，买方能在卖方提供的多个可能中进行选择，对最终做出决定总是十分有利的，但瑞士先生坚持自己的主张，毫不动摇，最后莫里茨也只好服从他的决定，莫里茨就是用"服从"这个词表达了他在瑞士先生面前的被动和让步，瑞士先生还对莫里茨说，他，当然总是与他的生活伴侣一起，看过如果不是上千，至少也有几百处地产，据说瑞士先生就是这样在莫里茨面前感叹道，他现在业已厌倦了到处去看访，在这里的确立刻就找到了十分理想的地产，据说他催促莫里茨尽快办理交易手续，请他立刻穿过树林回到旅馆去草拟购买合同，以便他尽早签字，他到处寻找地产，持续了很长时间，让他伤透了脑筋，随着在合同上的签字他终于可以让这件事情告一段落，无论莫里茨觉得这位瑞士先生的行为如何有悖常情、如何令人难以置信，像这块草地这样的地皮，他怎么就会一见钟情，以快得令人咋舌、令人震惊的速度不容分说立刻拿下，无论莫里茨觉得这一切如何不可思议，但他无法改变瑞士先生的决定，这个人甚至没有去丈量一下这块地皮，丈量一下有多大面积是购置地产最起码要做的事情，这块草地总的来说也许有三千或者说三千五百平方米，诚然，瑞士先生的生活伴侣，莫里茨说，当时感到很冷，要求瑞士先生赶快离开草地去签合同，那他还是应该按常规办事，去丈量一下地皮的大小，他没有这样做，仿佛是他的生活伴侣催促他赶快离开的缘故，但是瑞士先生，莫里茨说，是否快些离开，是否去签合同，也许根本不需要征得他的生活伴侣的同意，这位瑞士先生，莫里茨说，即使他的女伴不愿意，他也会买下这块地产，莫里茨说，他的印象是，不知道他怎么会获得这样的印象，瑞士先生的生活伴侣有何想法对其不会产生任何作用，尽管已经很清楚，或者说应该很清楚，她，波斯女人，想必曾经，也就是几年前，还对瑞士先生具有举足轻重的影响。实际上瑞士先生的一切，他的一切成就，肯定都应归功于他的生活伴侣，我与这两位瑞士人初次见面时就想到了，瑞士先生职业生涯的成功，从工程师到发电站建造专家，尤其是他在世界上的声誉，完全是瑞士先生生活伴侣的功劳，像瑞士先生生活伴侣这样一些妇女，她们来到像瑞士先生那样的男人身边，将他们变成著名人物，首先她们看到，尽最大努力，运用各种各样的手段，能让这样一个男人有什么出息，然后她们便付诸行动，她们知道，如果她们不遗余力地为此奋斗，持之以恒没有片刻的松懈，从她们与他们走到一起那个时刻开始，就强迫他们在艰辛、冷酷的职业生涯里跋涉、打拼，她们最终就能达到她们的目的，把这样一个哪怕从根本上说天资平平、没有上进心，甚至可以说天性怠惰的男人，变成一位著名的成功人士。显然，在三十年代还是个女大学生的波斯女人，在遇到了瑞士先生后，就迫使他在职业生涯上茹苦含辛，波斯女人的规划成了现实，无论如何，瑞士先生已经是功成名就的专家，是他那一行里的权威，两位瑞士人从一开始不仅自己主动讲述这一切，而且还拿出不少各种各样的有关资料，比如文件、相片等来加以佐证，莫里茨对我说，国王、女王和首相在参加这些宏伟的发电站揭幕仪式时，只跟那些建造它们的专家握手，的确，我想，从瑞士先生的外貌其实就可以看出来，他和他的生活伴侣——那位波斯女人——与我初次见面时所讲的一切。没有任何理由去怀疑瑞士先生和他的生活伴侣所讲的话，没有理由不相信他们的讲述，无论与谁在一起，我总是埋伏着等待时机寻找矛盾，但在这两位瑞士人这里我无法找到。我想，那位瑞士先生所说的都是真实的，他的生活伴侣话语的可靠性我也同样毫不怀疑。无论如何，莫里茨对这两位著名人物突然出现在他面前，感到惊讶不已。莫里茨说，瑞士先生闪电般买了那块草地，第一次站在它上面时竟激动得高呼：这是第一块属于我自己的地产！这又让莫里茨颇为惊异，他无法想象，像瑞士先生这样显然很富有的人，到了不再年轻的岁月竟然还从来没有过自己的地产。作为房地产中介商，莫里茨无论如何都坚持认为，每个只要想在社会上有所作为的人，肯定都拥有地产，或者与地产价值差不多的某种不动产，一个成年人不拥有一份这样的财产对莫里茨来说是难以设想的，在他眼里这样的人从根本上说算不上是人，无论如何他都认为，那些没有地产、任什么不动产都没有的人是令人惋惜和同情的可怜人，因此作为房地产中介商，他认为自己责无旁贷，要让在他这个房地产中介眼里根本就不算人的人改变自己，成为人，莫里茨视此为己任，如通常所说将其作为他毕生的任务，向他们销售房地产，或者甚至于一再尝试给出优惠的价格，让他们购置得起。瑞士先生对莫里茨说，在十几个可以考虑的房地产广告中，莫里茨在《新苏黎世报》上登载的那份广告最吸引他注意，这也是莫里茨更加尊重瑞士先生的一个理由。一切迹象表明，瑞士先生预料这一带天气晴朗、气候宜人，因为到处乃至整个世界都将这里描绘成阳光明媚的地方，可是，这两位瑞士人却在这里发现了如此阴沉、荒凉的地段，的确令他们吃惊。但这并没有影响他们下决心买下这块草地，在这块荒凉、阴沉的地方定居下来，反而加大了他们做出决定的筹码，可以说正是这里的阴沉、荒凉让他们最终做出决断。两位瑞士人几十年里主要生活在亚洲和南美，生活在温暖、阳光充足的地方，这最终导致他们心中对阳光明媚的地方产生不快，瑞士先生对莫里茨说，他们几十年让阳光照得痛苦不堪，渴望那有阴凉的地方。这与其他购置房地产者对气候条件坚持不懈的要求正好相反。莫里茨说，还在穿过树林去那块草地的路上他就感觉到，仿佛他正带领着两位瑞士人，至少是那位瑞士先生，走进对他们来说，至少对瑞士先生来说，一处舒适、安谧的自然环境。当他们一下子置身于昏暗、潮湿的树林里时，瑞士先生竟然轻松地舒了一口气，这时他的脚步加快起来，迫使莫里茨不由自主地想到，干脆先让这两位瑞士人看那块潮湿的草地吧，他已经领着几百人看过那块草地，都无功而返。瑞士先生对潮湿和阴冷的树林欢欣鼓舞，穿过树林再穿过公墓，他肯定也不在乎，莫里茨说，他自然是走在前面，为两位瑞士人开路。与瑞士先生的欢欣鼓舞完全相反，莫里茨说，他明显地感到瑞士先生的女伴，他的生活伴侣，一直沉默无语，在去潮湿草地的路上总是落在后边，确切地说她在观看草地的整个时间里，如果说不是一声不响也是一直沉默寡言，莫里茨说，他明显感到她与瑞士先生的情绪截然不同，莫里茨自然也认为是瑞士人的这位波斯女人，给他的印象是，她对这番观看持完全无所谓的态度。她远远地站在一旁看着这一切，保持着也许对其思考更有利的距离，一言不发，根本不参与进来。莫里茨感到异乎寻常的是，瑞士先生在观看过程中一直自行其是，给莫里茨的印象是，他丝毫不顾及他的女伴有何想法，他没有一次问过她些什么，在他要决定是否买这块地皮（莫里茨和我总是附带说明这是块潮湿的草地）的关键时刻也没有征求她的意见。按照莫里茨的想法，这块地皮是他们两位将来用的，他不明白，购买与否为什么只由瑞士先生一人说了算。莫里茨说，当瑞士先生与他握手达成交易后，三个人默默地原路返回，走进旅店。莫里茨沉默不语，因为他仍然在想刚才做的买卖，那情形真是奇怪得很；两位瑞士人也不言语，理由是什么只有他们俩自己明白。莫里茨说，关于这块地产的价格，竟没有任何争议，根据莫里茨对这位瑞士先生的第一印象，他已准备好了在价格问题上与其达成一致要花费不少时间。两位瑞士人是八月份来找莫里茨洽谈购置地产的，正值莫里茨做生意总是很有利的那些天，莫里茨很看重天气条件，他能够感觉到天气是否对做生意有利，他将那块潮湿的草地卖给两位瑞士人的那天，天气就很有利于生意成交，在这样的日子里，由于天气有利几乎什么样的地产都卖得出去，其他日子里就不行了，也是天气决定的。莫里茨说，一个好的生意人在做生意时总是注意天气情况，无论是开始或者结束一桩生意，都要考虑到天气状况是否有利。但是只有少数人会注意这个决定性因素并相应地行事。莫里茨说，他当初曾不太愿意见这两位瑞士人，担心自己所掌握的这些地产满足不了他们的要求，因为他知道每一个瑞士人提出的条件都很苛刻，他们要求之高经常令人难以设想，无论与他们进行什么谈判，尤其是销售谈判，特别是地产或者其他不动产销售谈判，不管你用什么理由都很难说服他们。与瑞士人做生意，无论是开端还是随后的谈判，以及最后拍板成交，对一个不是瑞士人的一方来说都是极其困难的，莫里茨说。如果说他对与瑞士人谈生意的艰难做好了各种准备，那么实际上他与这两位瑞士人做的这单生意，到头来却是迄今为止所做的生意中最轻而易举的。经常出现这样的情况，事实与人们事先对它的想象往往完全相反，当他们三人到了旅店在大堂就座之后，莫里茨立即着手起草购买合同，这时瑞士人，莫里茨说，从大衣兜里掏出一张设计图，原来这是一张房屋设计图，是瑞士先生要在正在办手续购买的这块地皮上建造的房屋设计图，莫里茨说，他还从未听说过，一个购置地产者，还不知这块地产在什么地方，不知道房子将造在何处，就事先完成了房屋设计，正常的流程应该倒过来：

97

首先把地皮确定下来，然后再对即将建造在这块地皮上的房屋进行设计，办事情总应该有个先后次序，瑞士先生的做法着实让莫里茨惊诧不已，他起先不相信，瑞士先生在莫里茨起草购买合同时，从大衣兜里掏出的房屋设计图，是将要盖在半小时前才购买的那块草地上的房屋设计图，但是瑞士先生立即在桌子上展开了这张设计图，并开始讲解设计图的细节，以此证实了他刚说的话和莫里茨不敢相信的事实。他，瑞士先生，早在三年前他还在南美洲，确切地说，在加拉加斯，即委内瑞拉的首都，附近的一个小镇上时，就设计好了这座房屋，这张设计图他揣在兜里带来带去已经三年了，不断地被掏出来又放进去，这图纸看上去也真够可怜的了。莫里茨说，瑞士先生在加拉加斯就决定在奥地利，而不是在瑞士定居，如他曾在莫里茨面前着重强调的那样，莫里茨当时认为他如此这般安排是因为纳税，瑞士的税金比奥地利高。在瑞士先生生活伴侣的建议下，女店主虽然开始很不情愿，但后来还是供了暖，而且烧得大堂里很暖和，先前这里实在冷得让人不舒服，八月底这里经常是这样的温度，莫里茨明显感到波斯女人对寒冷尤其敏感，他注意到，这位女士从到达这里直到现在一直穿着她的羊皮外套，并且一直把皮外套的领子立起来，在正常情况下，一般来说是没有必要这样做的，于是莫里茨曾顺便问她是否有些着凉，可是波斯女人给了否定的回答。几乎一生都生活在温暖国度的女人，到了我们国家，对这里的气候总感到太冷，瑞士先生的生活伴侣从一开始，给莫里茨的印象，就是她的郁闷，她分明一直想象着在这个地方必然要挨冷受冻。相比之下，我们这里的气候没有让瑞士先生感到丝毫不适，他似乎是位最健康的人，但是不久事实就证明这是假象，因为瑞士先生的胆囊和肾脏都有病，而且很严重，另外，他也与他的许多职业同行，或者干脆说与他干的那个营生的人一样都因过度吸烟而伤了肺。瑞士先生的设计图画得如此详细让莫里茨大为吃惊，他的设计不仅有别于这里常见的房屋蓝图，独出心裁，也因其最大限度的精细而出类拔萃。设计图中的每条线、每个图形和每个符号都表明，这张设计图是一位瑞士人所画，绝对是出自瑞士人的头脑。看了这张设计图，人们立刻就会明白，图上的房屋设计者，只能是一位其情感和思想方面极其固执己见、绝对以自我为中心的男人，看不出一丝一毫受女人影响的痕迹。莫里茨看了设计图后对瑞士先生说，厨房的位置是否不太合适，如果他，莫里茨，现在就设想房子要盖在这块地皮上，那么，以他之见这厨房的窗户就开在朝树林那一面了，瑞士先生听后笑了起来，他说，这张设计图他整整画了三年，反复地斟酌，考虑得特别彻

99

底、周全，设计图里的一切都符合他的需求，他没有说，符合他们的需求，就是说符合他和他的生活伴侣的需求，他说的是符合他的需求，即使对于莫里茨来说，也觉得他这样行事过于肆无忌惮。瑞士先生也一再总说他购买了这块地产，而不是说他们俩，即他和他的生活伴侣，购买了这块地产。莫里茨的这条地产销售广告在《新苏黎世报》登出后，出乎意料地大获成功，莫里茨决定继续在这家报纸上登载广告，这之前，他曾有一年之久总在《新苏黎世报》上登广告，但没有任何一点成效，于是他决定再也不在《新苏黎世报》上登广告了，没承想，在这家报纸上登载的最后一则广告竟然给他带来了意想不到的好运。他把那块十年里一直没法出手的潮湿草地卖出去了。在起草购买合同时莫里茨脑子里琢磨着这两个瑞士人之间到底是什么关系，他自然首先认为他们是夫妇，随后也为这两位瑞士人所确认，瑞士先生当着莫里茨的面说出了生活伴侣这个词。他，瑞士先生，还要在次日夜间，他对莫里茨说，赶回瑞士为开始建房做重要的准备，并查询哪里能买到最实惠的建筑材料，说到这里，瑞士先生当着莫里茨的面，对奥地利建筑材料的质量表示怀疑，同时对奥地利国内建筑材料的价格制定也颇不以为然，他说，现在的问题是如何从瑞士把建材通过边境运到奥地利来，如何巧妙地神不知鬼不觉地避开关税，莫里茨说，以便他，瑞士先生，在这方面能节省高得令人吃惊的巨大开销，这绝不是危言耸听，瑞士先生当着莫里茨面在桌子上迅速做出了计算。实施这项工程所需要的一切都应该是最好的、最贵的，但他，瑞士先生，可不是一个为任何什么都愿意花高价的人。他请莫里茨考虑，为他，瑞士先生，出主意，他在哪里能找到最优秀同时又最廉价的工人，莫里茨立即向他建议雇佣所谓德意志裔人，他们是理想的工人，他经常与他们打交道，与他们合作。瑞士先生立刻就明白，所谓德意志裔人肯定是既手艺好又工钱便宜的工人。这位瑞士先生，出生在楚克，在伯尔尼长大，在那里的工程技术学校毕业，莫里茨说，瑞士先生得知他刚刚购买的这块地皮地势倾斜得很厉害，得知这块地皮长期总是无法销售出去的理由，这些情况不仅让这位瑞士先生很受用，而且竟然让他感到欣喜。莫里茨也把这块地段湿度很高的情况告诉他，请他注意这个不利因素，然而他得知后却满不在乎。在冬季，莫里茨对他讲，有的时候都无法到达这块草地，积雪封路，铲雪开道是不可能的。这一警告也没有动摇瑞士先生的决定。另外，即便没有大雪覆盖，穿过寒冷、几乎总是阴暗的树林到那块草地去，莫里茨对瑞士先生讲，也不是每个人都愿意做的事情，可是瑞士先生也无动于衷。还有更严重的情况，莫里茨说，无论他们乐意还是不乐意，有时也许要贮备几周的食品，因为很可能他们这么久都无法出门去镇上购物。莫里茨说，那位瑞士先生任你怎样发出警告都坚定不移。莫里茨最后向瑞士先生建议，应与森林所有者达成一致，与他们签订终生租借合同时，应该要求他们修筑一条像样的通过森林的路，莫里茨说，瑞士先生拒绝这样做。他觉得目前这里的状况就可以了，他不想再去修建什么道路。可是在冬季，莫里茨对瑞士先生说，即使没有雪了，这块地产的四周也都是泥潭。这仍然丝毫没有触动这位先生。在整个这段时间里，他的生活伴侣一直坐在一旁抽着烟，喝着茶，一声也没有言语，仍然穿着羊皮外套，莫里茨说，她好像是钻进了羊皮外套，目不转睛地盯着桌面，而且始终盯着桌面上唯一的一点地方。莫里茨的字写得匀称、整齐，他起草的购买合同干净、明确，让人看了觉得舒服，觉得可靠，瑞士先生就是这样对莫里茨说的，他把莫里茨不慌不忙、深思熟虑填写好的购买合同通读了一遍，莫里茨自然注意到瑞士先生夸奖他的字写得好，关于合同的内容，莫里茨说，他根本就未加任何评说。莫里茨无法相信，瑞士先生真的把他的字写得如何看得比合同内容还重要。这样顺利的生意，莫里茨说，他要许多年才遇到过一次。第二天，瑞士先生就把全部购地款给莫里

102

茨放到了办公桌上。据我所知，瑞士人最喜欢在几乎所有的情况下都以现金交付，尽可能回避绕道通过银行办理。瑞士先生的确于次日夜里返回了瑞士，把他的生活伴侣一个人扔在旅店里。他，莫里茨，认为这个地方之于她完全是人生地不熟，是肯定让她感到心神不宁的陌生地方，不能让她一个人待在镇上，尤其是不能总让她一个人待在旅店里，于是便连着许多天邀请她到家里吃晚饭，这很合她的意，对莫里茨家人来说，请这样一位客人到家里来，也活跃了家里的气氛，为平淡的生活增添了新的内容，波斯女人每天晚上都把自己的情况，以及她与瑞士先生的生活情形讲给他们听，她讲得很多、很生动，使他们与这位客人在一起都不感到哪怕是片刻的无聊。莫里茨的确好多次试图找到我，然而我把自己封闭在房子里，绝对没有人能见得到，如莫里茨引用我的话所说的那样，关在工作的牢笼里，我从不允许任何人到这里，从来不开任何一扇窗户，每逢他来我这里敲门，结果势必都证实了他的推测，认为我肯定正处在某种他无法解释的恶劣情绪之中，所以不愿与他交往。莫里茨了解我，他说，他敢肯定，我作为一位最渴望听这一类讲述、最能接受这一类讲述的人，毫无疑问我对波斯女人的讲述会听得津津有味，波斯女人在瑞士先生离开此地后，才变得如此健谈。他，莫里茨，也向波斯女人粗略提到我的状况，她立即表现出很感兴趣的样子，为了让她满意，他向她介绍了我，不过只讲了最必要的一些情况，即我是他的一位朋友，十年或者十二年前，像她一样第一次来到这一地区，从他手里买了一处衰败的房产，在这里从事自然科学方面的研究，莫里茨对她说，她一定得跟我见见面。他说，他每天都在等我到他那里去，他对她说，他的朋友已习惯了几乎每天来他这里，晚上在他家里度过。可是如果我的工作很紧张，我可能在一段时间里都不出来，他对她说。现在我很可能正处在这样一个阶段，所以就没有来了。他关于我的话引起了波斯女人的好奇。但是直到如上面提到的我与她的相识，中间还持续了三个月时间。我现在感兴趣的是，尽可能更多地从莫里茨那里了解有关这两位瑞士人的情况，尤其是关于波斯女人，从他们出现在莫里茨面前，就是说从他们购买这块地产的时刻起，直到我与其相识这期间发生的一切。前一天与他们邂逅给我留下了太深的印象，让我不能不进一步向莫里茨了解凡是能想象到的关于他们的一切情况，即使是那些对于莫里茨来说也许是无关紧要的事情。我逐渐从莫里茨那里得知，波斯女人并非出身于寻常人家，她来自名门望族，其家族属于真正的伊朗上层社会，她自幼受到良好的教育，先是在伊斯法罕，然后在英国上学，最后到巴黎读大学。

她对音乐的爱好，这一点她在与莫里茨初次见面时就流露了出来，对音乐的兴趣让她还在十八岁时就来到维也纳，在这里一直待了几个月，使她大开眼界，大饱耳福，不过后来她再也没有到过维也纳。瑞士先生起先在伯尔尼读大学，后来到巴黎就读一所工业大学，他与波斯女人在一次短暂的见面之后，就走得越走越近，最终形成了一种持久的关系。两个人不顾他们父母的反对搬到了一起居住，波斯女人为了她恋人的前程放弃了她自己的专业发展，换句话说为了瑞士先生她中断了自己在哲学学科的深造。直到今天我并不知道她在哲学学习方面达到了什么水平，不过这并不重要。她当时才十九岁，她这样做不啻真正意义上地放弃了她自己，完全致力于她生活伴侣的职业发展，为瑞士先生成为建筑师，最终成为建造发电站的工程师和专家而奉献自己。她的心中只有她这位生活伴侣的事业，无论如何要让她的生活伴侣在事业上出类拔萃，这是她的终生追求，是她的荣誉，而将她自己的职业生涯、自己的事业最终完全置于她的生活伴侣的事业之下。人们知道，像波斯女人这样的女人们，她们能够为像瑞士先生这样一位男人的事业放弃一切，波斯女人为了她的生活伴侣的确放弃了一切，可能就是突然之间，或者确实可以说顷刻之间，她就决定放弃发展自己非凡的才能。对于亚洲女性来说，

105

完全将自己不折不扣地置于男人的从属地位，牺牲自我，是很自然的事。这种忘我的献身就是她们生活的内容，就确保了她们生存的意义。瑞士先生和波斯女人两个人走到一起时，她十九岁，他长她十岁，正值他们这种结合的理想年龄，他们随即担当起他们应该承担的毕生的任务，她立刻全力以赴，尽其所能最大限度地发展瑞士先生的才干，推动他的事业。像波斯女人这样的女人，不会忽略一个男人所拥有的、可以成就宏图伟业的潜质，而仅凭这个人自己的努力是永远也达不到应该有的高度的。像瑞士先生那样的男人如果没有像波斯女人这样的女人大力相助，空有实现鸿鹄之志的基础，通常一辈子也离不开地面，不能高高飞翔，只能生活在百无聊赖的平庸之中。可能瑞士先生立即在波斯女人身上看到了与他自己生存攸关的唯一机遇，心甘情愿地把自己交给了事业上雄心勃勃的波斯女人，听由她的支配，可能如他所相信的那样，她强烈的开拓精神与他的能力相结合，必定结出丰硕的成果。他的天分和他的智慧也许非常适合实现她的意图，于是这项关于瑞士先生前程的试验，还在他们逗留在巴黎期间，就果断地不失时机地开始了。由于他们决定一切都要围绕前程和事业，都要有利于前程和事业，于是他们俩之间可能达成了不谈婚论嫁的协议，因为结婚说不定会将他们的计划毁于一旦，这样一个计划，很可能甚至于还有不结婚这个决定，至少最初是波斯女人的主张，这显然与她的精明以及她的高水平智商分不开。就这样，他们没有正式结婚便住到了一起，从一开始，在一些比较大的发展机遇中，他们都独立地集中精力于他们的终身事业、他们真正的生活目标。促成他们这样一种结合，应该说最具吸引力的因素，是他们在种族和生活环境方面迥然不同的出身。在最初阶段，他们都不由自主地感到了十分理想的互补效应。关于瑞士先生的情况，莫里茨了解到，他的父亲在楚格开了一家小商店，类似于我们奥地利的小杂货店，在那里可以买到日常需要的小百货，这让莫里茨想起他父亲也曾有过这样一个店铺，莫里茨就是在那个店里做学徒，当小伙计，最后开始做起商人这个职业。做不动产中介商是很久以后的事情，是他年过五十才开始的。当时他想到农村开家店铺做生意，他的故乡是奥地利让人最讨厌的、非常丑陋的城市林茨，他离开那里到了农村，在这一带购置房产安了家。由于为购置选择好了的地产他花光了所有的积蓄，不得不再把这地产的一小部分卖掉，令他大为惊诧的是，他卖这一小块地产赚的钱与他当初购买整个这块地产支付的钱一样多，于是他不由得对不动产生意产生了兴趣，很快就完全转行做了房地产中介。这位瑞士先生是一个很好的例子，一个小地方的人，从（楚格）这样极小的角落里出来的人，由于在他人生决定命运的关键时刻，遇到了一位如同专门为了他及他的天资开拓和发展而设计出来的人，在这位对他各个方面都具有重要意义的贵人引导下，走上了事业的顶峰。因此瑞士先生没有像许多他这样一类人，他们纵然拥有很好的天分和才干，因为没有像波斯女人这样一个至关重要的人物的发现和提携，而终究不得不消沉和枯萎。谁能知道，因为无人发现，无人提携和培养，无人最终把他们推上事业高峰，在这个世界上，每一天得有几百万天资聪颖、才干超群的人枯萎和凋零呢！其实瑞士先生就是这样一个人，天生在发扬光大天资方面是个低能儿，光靠自己不会有任何作为，不像有些人，他们自己就能做到一切，自己就能培养和发展自己的天资，营造自己的锦绣前程。瑞士先生属于那种对如何发挥、利用他们自己的天赋一筹莫展的人，因为他是个意志薄弱的人，不像那些坚强的人，他们总是能够靠自己，完全靠自己，利用自己的天赋，将其发展到极致。在这个意义上，可以说他，瑞士先生，遇到了波斯女人，这位拥有超常志向和毅力的人，是一件天大的幸事。她为瑞士先生不仅在内部，而且也在外部，就是说为其内在和外在的发展开辟了所有的道路。波斯女人自孩童时起，总能获得一切她所要得到的，她总有办法进入上层社会，与那些举足轻重、有权有势的人来往。因此他，瑞士先生，如果他的才干有了长足的发展，那么他根本不必担心拿不到相应的大项目、大订单。但她并不让他不劳而获，他自己也不应投机取巧，走捷径，一切都要自己努力去争取，他深深懂得他要追求的是什么。从她将瑞士先生事业最高追求作为她奋斗的目标，清清楚楚地放在眼前的那一刻起，他们两个人的生活内容，就是将这一目标立即作为他们为之奋斗的唯一目标，决不驰心旁骛，竭尽全力将其实现。从那时起他们心中想的只有这件事。直至他们初次出现在这里，他们已经有四十多年生活在一起，在这四十多年里瑞士先生建造了四座大型发电站，就是说每十年建成一座。我坐在莫里茨面前对他说，我忽然想起来，我在这里初次见到瑞士先生时，他展示的那些照片，上面是瑞士先生分别与英国女王、美国总统、波斯国王和西班牙国王握手的场景。我对莫里茨说，还缺一张照片，上面将有瑞士先生与委内瑞拉总统握手。我开玩笑地说，有一天他一定会把这张照片递给我们看，上面是他的手最后一次与一只高贵的手相握。我原本期望，波斯女人傍晚会到莫里茨家来的，但我白白地等了半天。虽然瑞士先生又一次在夜里返回瑞士，这个情况我现在才从莫里茨这里得知，但波斯女人没有到莫里茨家里来。其实这对我挺合适，我想，如果我下次与她见面，我希望是我单独见她。我已经跟她打过招呼，我会再次请她到松树林散步。但说实话，我不再有勇气，可以说也没有力量，今天晚上还去与她散步。我估计，这对她也不合适，至于为什么，我也不知道。我以简短的话语与莫里茨道别，穿过树林回到家里。这次拜访莫里茨对我很有帮助，很有启发，使我更多地了解了这两个瑞士人。大半个夜晚过去了，我仍然在琢磨莫里茨给我讲的关于瑞士人的那些情况。在要进入梦乡时我仍在想，现在终于因为来了这两个瑞士人，使我在这个地方能有较高品位的社交，日复一日，一年四季只有那种千篇一律的平淡交往，久而久之，让人都变得迟钝和麻木了。我对与波斯女人的交往怀有很高的期望。这段时间过得很快，转瞬之间十月将要过去，我在这个季节里总是生活得最为艰难，这是与生俱来的，躲也躲不开。今年我也不指望能摆脱抑郁的困扰，其起因太猛烈，我那沮丧的情绪每每到了下午益发厉害起来，让我几乎难以忍受。是这两位瑞士人让我今年幸免抑郁的折磨，在过去的许多年里我深受其苦，这种状况总是没完没了，由于大自然在冬季的衰落，一直会延续到十二月。也许正是因为今年我的抑郁症比往年更厉害、更肆无忌惮地发作，以至于我肯定会被它夺去性命，所以这两位瑞士人出现了。这种想法当然很荒谬。

不过从另一方面来看，随着我生活阅历的增加，无论如何我体会到，正是那些荒谬的想法是最透彻的，最荒谬的想法也是最重要的。我曾经想，我不再从事我在自然科学方面的研究，我要重新唤起我对音乐的特殊爱好，从夏末起开始对舒曼的研究，以此来摆脱疾病的困扰，事实证明我想错了。今年音乐对我的头脑，乃至我整个人的影响都大不如往年了，往年总是音乐最终拯救了我，使我免于本来注定了的崩溃和毁灭，但这一拯救手段今年不灵了。那情景仿佛现在又在眼前，我调动起我所有的力量，带着舒曼乐谱走进书房旁边的所谓蜘蛛网室，试图重新开始对舒曼的研究。我的一生都在关注着舒曼，我对他的兴趣超过任何其他作曲家，一方面是哲学家叔本华，另一方面是作曲家舒曼，可是我突然无法进入舒曼的音乐了，我想，你突然找不到进入舒曼音乐的大门了，你以前可不是这样，你总能找到它，舒曼的音乐总能拯救你，如同那另一方面，叔本华的《作为意志和表象的世界》总能拯救你一样，最终我不得不放弃通过舒曼来摆脱抑郁的打算。我如同少数一些人，能够仅仅带着乐谱躲到一个地方，去聆听乐谱所写的音乐，我不需要乐器，不，没有交响乐队的乐器，我觉得那音乐听起来更清澈、更纯净，只借助于乐谱，当然还有尽可能鸦雀无声的环境，那音乐的结构艺术如此这般听起来是非常真切的。做到这一点，绝对音感是不可或缺的必要条件。无论是叔本华还是舒曼都没有能缓解我的状态，哪怕是些许的缓解，都没有让我的情感和精神状态平静下来，我的情感和精神总是同样厉害地大病一场。对我来说，情感也好，精神也好，总是处于同样的状态，所谓一荣俱荣，一损俱损。多年来，我都能够通过研究叔本华来拯救自己，如果叔本华不行，那就通过研究舒曼，可是现在，无论我怎样努力，这两位对我都不起作用了。仿佛在我心中与叔本华和舒曼相关的一切都死了。正是这两位，是我的心总是最愿意接受的、最感恩戴德的，可是现在无论是我的精神还是理智对他们都没有感觉了。无论是叔本华还是舒曼都不能拯救我了，这一事实；还有，可能对叔本华也好，还是对舒曼也好，我的精神、我的听觉不起作用了，这一可怕的经历；以及无论对哲学还是对音乐来说，我都完全有免疫力了，这一从来没有的发现：很可能正是这些情况将我变成现在这副样子，让我无法忍受我自己，无法忍受我的头脑、我的身体，使我从家里跑了出来，穿过树林去找莫里茨。事实上，我记得，一见到莫里茨，我就对他说，无论是叔本华还是舒曼都不行了，他可能根本就无法听懂我在说什么，我也没有进一步解释。我突然无论与叔本华还是与舒曼都无法接近了，据我的记忆，我向来是能够与他们沟通的，这个突如其来的变化让我十分恐惧，假如我不想真的发疯，或者精神错乱，就必须离开住处到莫里茨那里去。疾病的发作引起的惊骇把我从家里驱逐出来，将我赶往莫里茨那里。无论舒曼还是叔本华都不行了，我对莫里茨说，边说边坐到他办公室的角落里，然后把我头脑的疯癫滔滔不绝地向莫里茨发泄出来，这势必极大地伤害了他，这是绝对不允许的，我竟然这样对待他。然后那两位瑞士人突然出现了，走进莫里茨家，这是转折，也是我得到拯救的时刻。瑞士人是来办理最实际、最具体的事情，他们到这里来，走进莫里茨办公室，要办的主要事情是盖房子，他们到这里来商谈建造房子，他们并不知道，也不可能知道，他们竟顺便地拯救了我。不仅这两位瑞士人忽视了我的存在，这当然是很正常的，而且就连莫里茨这时也不理睬我了，现在想起来，他们这样做真是救了我的命，他们大家一时间都没有人关心我的问题，反而帮助了我，拯救了我，我的情感和我的精神的确立刻平静下来。我忽然听到的都是造房子的事情，诸如螺钉和螺帽，砂浆和木料，黏土和坡顶，板条和方木，等等，于是我得救了。瑞士人对我的情况当然一无所知，也不可能知道，他们在莫里茨家出现，如何影响了一个他们事先根本不认识的人，影响了他的情感和精神，他们自然没有丝毫的预感。但这一切对于我那就是最理想的救治。在与瑞士人相识的第二天我又可以接近叔本华了（还有舒曼），我又可以读《作为意志和表象的世界》了。试着在楼上蜘蛛网室听舒曼也如愿以偿。假如这两位瑞士人没有到这里来，没有在关键的时刻出现，我很可能就发疯了，就精神错乱了，肯定就过不了这一关了。从上述的这种方式，实际上若干时间以来已经可以认识到，并且在医学上也是合乎逻辑的，假如我疾病的发作愈来愈频繁和厉害，仅从迄今为止我病情的发作的情形来推测这是毋庸置疑的，那么我将肯定不会再有更多的发作了。如此看来我的将来如何业已明白无误，没有必要惊慌失措了。我的生存状况，自然很久以来只是由我的疾病主宰的，已经进入最后阶段。要是我仍然总有机会研读《作为意志和表象的世界》，一辈子研读《作为意志和表象的世界》，同时一辈子走进蜘蛛网室那该多好啊，我想，一方面研读哲学家叔本华，另一方面研读作曲家舒曼，我想，顺理成章地也可以一方面研究作曲家叔本华，另一方面研究哲学家舒曼，因为如同叔本华原本是哲学家然而也是作曲家，舒曼原本是作曲家然而也是哲学家。几年前我就开始了一项研究，论证叔本华是作曲家，舒曼是哲学家，后来我没有继续做，这项研究搁置下来了，也许现在是重新开始的时机。正因为我仍然不能从事关于自然中抗

114

体的研究，肯定在将来，如果我真的还有将来的话，一定有必要更进一步加强这项关于自然中抗体的研究，如果我不想去冒险，让我在这项我为之终生奋斗的研究中彻底失败的话，那么我就不应该忽视我的堪称此项研究竞争对手的另一项研究，即我的音乐—哲学研究，反过来也可以说我的哲学—音乐研究，可能还会在某个时期我有能力同时进行这些研究。最近几周发生的情况突然之间明朗化了，让我看得清晰了，我也通过写这些笔记让发生的情况变得可以忍受，这个办法起到了作用，所以做这些笔记，其目的无非是把与瑞士人的结识以文字的形式记载下来，以此放松自己，减轻精神上的负担，并且可能重新找到开始我的各项研究的契机。通过整理和书写我零散的记录，我想同时达到多个目的：一方面把关于波斯女人的记忆整理记载下来，另一方面改善我的状态和延长我的生存，两者之间可能是因果关系，也许正因为我目前整理笔记这项工作，我的境况才有了好转。截至目前我试图这样做的种种努力都没有成功，这也是必然的，原因很简单，做这件事情的时机还没有到，在时间上还没有与所记载的事情之间保持足够的距离。但是，尽管这些笔记还相当零散，还不够完整，现在我可以做这项工作了。波斯女人走过了她自己的道路。像所有的道路一样，她的道路也是一个人可以走的一条道路。至少从她与瑞士先生，她的生活伴侣，相识的那个时刻起，不可能指望走别的道路，我无法详细了解，在她与瑞士先生到这里之前，她走的到底是怎样一条道路。对此，除了她本人对我的讲述，我无法知道得更多，我只能依靠猜测。但即使我对她了解得更多，我想也丝毫改变不了她给我的印象，她就是一个失败者。我想，她就是一架自动奉献的机械装置，她的一生就是一个人能够付诸实施的、不断牺牲和奉献的过程。我想，她在巴黎遇到瑞士先生，为他牺牲自己的一切，绝非偶然。她在这位男士的身旁待了四十年，在某种程度上可以说是幸福的，也许在某些光阴似箭、拼命工作的时期也是幸福的，为实现她的生活理想，为这位男士的职业升迁，这位瑞士先生就是她选定的人，她为其事业的发展、为其蜚声世界发电站建设领域而忘我工作。对于波斯女人来说这条路自然并非没有尽头，她的种种迹象都证明，她的一生很快就要过去了。她可以对自己说，他建造的四座发电站，也有她的功劳。每逢他，瑞士先生，与那些著名的高贵人士握手时，她就站在后面，那些照片可以为此作证。然后某一天，到了某种人老体衰的时刻，他们的整个机制崩溃了，他们决心停下来，不再继续他们的狂热追求，要去寻找安度晚年的一处地产，于是便购置了公墓后头的这块潮湿草地，开始在上面建造家园。瑞士先生的建筑欲望让他还在建造委内瑞拉发电站期间，这座尚未竣工的发电站还时刻占据着他的头脑时，他便已经将这处晚年家园的地基浇灌完毕，盖房所需要的各种建筑材料也已购置停当。如他所说，再到南美去一两次，然后外面的事情便结束了。波斯女人对这一切计划和措施只是默默地一旁观察，不加任何的评判。她的这种日益增长的消极被动态度让人费解。瑞士先生似乎越来越频繁地违背其生活伴侣的意愿，简直可以说越来越令人憎恶地置她的意愿于不顾，这种肆无忌惮的我行我素让人匪夷所思。我不知道关于树林和公墓后边的那处房产她是否表示过什么愿望，可以肯定的是，瑞士先生没有满足她任何一个愿望，哪怕是一点点也没有。在与波斯女人第二次散步中，我觉察到，这个失败者从某一时刻起，包括她的整个余生，如何生活在失望和沮丧之中。像第一次与她一起散步一样，第二次我们又走进了松树林。这一回我们没有一直沉默不语地走进树林，没有只顾往前走，走进令人感到不安的树林深处，而是立刻就进入了一场直接涉及波斯女人的讨论。是她开始的，不是我，是她，像我几天前由于对自己的一切感到绝望，在莫里茨面前直抒胸臆，一泻千里，这会儿她在我面前倾诉了她的心曲、她的认知、她的感受，情绪之激烈以及不管不顾的程度，绝不

117

亚于几天前我在莫里茨面前的情形。仿佛波斯女人处在如我前几天同样的情景之中。如同我几天前在莫里茨面前所表现的那样，前面已经提到，尽管总是很笼统，她现在在我面前的倾诉同样毫不留情，对我是这样，对她自己也是如此，她现在将我变成了她的牺牲品，如同几天前我让莫里茨做了我的牺牲品。仿佛在松树林的散步路上，几十年与她的生活伴侣一起生活郁积在心中的一切突然活动起来，迫使她非倾吐出来不可，瑞士先生，如她所说，这会儿正在瑞士逗留。迄今为止，我未曾从任何其他人那里听到像她这样关于生活和世界的更令人惊愕的讲述，没有人以如此不惜自毁的方式在我面前彻底敞开心扉，在她越来越坦诚、越来越肆无忌惮地披露自己胸臆的过程中，我一直不由自主地想，几天前在莫里茨面前我一定也是像她现在在我面前一样，莫里茨因我那种突如其来的举动受到的惊吓，包含着对我卑劣行径的厌恶，现在我面对这位波斯女人的感受也是如此。听着波斯女人不知羞耻地自我暴露，想到就像波斯女人在我面前一样，我在莫里茨面前把自己揭露得体无完肤，方觉得真是羞愧难当。但是这样一个人，像我一样，归根到底实在更需要我的怜悯。她始终无法平静下来，一再说她的一生过得如何毫无意义，她有意识地把自己的全部精力和心血都耗费在其实是荒谬的、毫无益处的一种生活中。她与瑞士先生沆瀣一气，粗暴地奚落了她的人生，她的确完全有意识地实施了自我毁灭的过程。她与瑞士先生合作，就是与一位有天赋的人合作，她热爱天资聪颖的人及其发展潜能，她并不把瑞士先生当作一个个体、一个有个性的人看待，他其实总使她觉得反感。只要她能够让他的天赋得到进一步发展，有几回她也称他是天才，那么一切都相安无事，一旦瑞士先生的天赋或者天才没有可能继续发展了，那么她的人生运行机制也就立刻崩溃了。这个情况距今已有二十多年了。自那时起她的一切都变得异常可怕。瑞士先生，她的生活伴侣，她说，憎恨她拿他的事业前程做赌注，她的原话如此，在公墓和树林后边建造了这座房子，为的就是要摆脱她。她现在又老又丑，快六十岁了，他将近七十，于是他就离开她，抛弃她。她猜测，他的兴趣转移到委内瑞拉一位女护士身上了，不想再与她，波斯女人，有任何瓜葛。她说，他与她分手了，她与他结束了。他要她搬进他为对付她而设计的、位于公墓和森林后边的、不宜人居的房子里，搬进她能够想象出来的最可怖的房子里住。她失去了一切，剩下的只有沉默地承受，麻木、迟钝地进行毫无意义和目的的观察，对于她的未来已施加不了任何影响。她说，瑞士先生实施其针对她的计划，可以说是明目张胆，目的就是要明显表示他要毁掉她的意志，自然就是要让他的生活伴侣能够明确感觉得到。他购置了潮湿草地这块地产，因为这块地产太理想了，再没有比它更适宜于实现他的目的，即让他的生活伴侣为其毕生为之奋斗的、在他身上所做的实验，得到应有的惩罚，据说他就是这样当面对她说的。这块潮湿草地是他见过的最糟糕的地产，他所以买下它，是因为他知道，再也找不到更糟糕的了。现在我终于明白了。莫里茨和我原以为这位瑞士先生发疯了，怎么会当即就把那块潮湿的草地买下来，他根本就没疯，他买下这块潮湿的草地时，他的头脑很清醒，他十分清楚他在做什么。从第一次与其相识就一言不发的这位波斯女人，她那奇怪的沉默寡言到底是为什么，现在也有了答案。我无法在这里把她在松树林里散步时所讲述的一切都再述说一遍，在那里，当她痛快地释放其情感和精神郁积达到高潮时，她坐到一个树墩上，紧紧地将自己裹在她那件羊皮大衣里。她坐在树墩上简直就像林中一个动物，不停地宣泄着，最后哭泣起来。这位波斯女人现在坐在树墩上的所作所为，难道不正是我的状况的写照吗？与其说这一场景让我感动，不如说让我厌恶，我劝慰波斯女人，让她站起来回家去，就是说回旅店去。往回走的时候我觉得她仿佛很轻松的样子，我不由得把她穿过树林返回的情形，与我几天前从莫里茨家里出

120

来穿过树林回家的情形相比较。当我们往镇里走，距第一座房前只有不到一百步时，房后头就能看到她下榻的那家旅店了，她说出了我在倾诉我的内心世界后想说而没有机会说的话：我拯救了她。她已经数月，抑或数年，没有能够与任何人像今天跟我这样谈话了，这等于说，她数月乃至数年之久没有能够向任何人完全打开心的闸门，毫无羞耻地、不管不顾地倾泻心中的一切了。她以为，她得向我致谢，感谢我在她肆无忌惮宣泄情感和精神时的表现，然后她突然之间明显地想要单独一人待着。我于是离开她往回走，在听过她如此这般的倾诉之后，我既感到惊骇，同时又觉得头脑十分清醒。次日，我又去接她，一起到松林里去散步。现在她的精神状态由于昨天的全面宣泄已经完全是另一个样子了，与我在几天前在莫里茨面前心扉大开，强行释放和减压之后的情形相似。现在我们的确能够平静地谈话，而且可以聊关于舒曼的话题，她那么了解这位音乐家，对他是那么熟稔，让我感到吃惊，同时也感到幸运。她也热爱舒曼，她也能够读他的乐谱，只凭研读他的乐谱就能完整地听他的音乐。因此处在现在这种状况里的我们两个人，忽然有了非常适合的话题，这个话题让我们相互交流、相互鼓励，让我们的精神感到振奋，让我们暂时忘记了我们的烦恼，自由自在地驰骋在我们的头脑和思想里。

她那感到压抑的情绪不见了，她的心情镇定下来，思想也活跃起来。我这方面的状况也与她类似，心神感到难得的松弛和舒展。我在莫里茨家与她邂逅时心里曾期望，在这个总是敌视思想和扼杀情感的地带，这一回我终于可以有一位与其进行精神交流的理想伙伴了。当然我没有忘记，她昨天发自内心倾诉的一切，这只是一个人心中阴森可怖的一面，但在这个时刻，无论是她还是我都不再受其干扰了，我们现在感兴趣的是相互交流，共同去发现舒曼音乐里的新的美感、新的特色，以及音乐所表现出来的坦诚和忠实。我们的散步绝对是一次音乐散步。接下来的一天我们散步所谈的话题则不再是音乐了，而变成一次彻头彻尾的哲学散步，推动哲学谈话的自然是《作为意志和表象的世界》那本书。但是我甚至也可以直截了当地把上一次散步称为哲学散步，把这次称为音乐散步。哲学即音乐，反过来音乐即哲学。与一个人在一起，你自己独有的一些概念他也明白，也感到很重要，这是很开心的事情。波斯女人之于我的确就是这样碰巧出现在我面前的人。我想，我要感谢莫里茨，近年来有许多这一类让我得以化险为夷的事情，都要归功于莫里茨。此后，没有一天我不去旅店接波斯女人同她一起散步。在这期间，每天傍晚松树林都是我们俩的庇护所。瑞士先生几乎总在瑞士逗留，如果他到了奥地利，也是忙着操持盖房子事宜。他要把与其生活伴侣脱钩的计划进行到底。在我与波斯女人开始接触、交往日益增加，我们之间的确建立起一种情感和精神关系之后，瑞士先生和波斯女人之间表面上的和谐完全不复存在了，大约十一月底，他结束了在瑞士的逗留后，没有再返回他的生活伴侣身边。他给她汇来一笔钱，数目相当大，我不知道具体是多少，之后便杳无音信了。从这时起，波斯女人再也不对他抱有任何希望了。适应这个地区的荒凉、寒冷、不宜人居的自然环境，在她来说亦不可能了。她可能也根本就没有尝试过这样去做。她觉得这里的人对人总是不怀好意，对外地人更是鄙视加排斥，毁你没商量，实际情况的确如此。女店主说，在我们这儿，波斯女人自然总一个人坐在角落里喝茶，越来越紧地把自己裹在羊皮大衣里，对寒冷的畏惧始终让她坐立不宁。无论是她还是我都清楚，到松树林里去散步也不是解决问题的办法了，对她对我都没有用处了。一段时间后，我们不再每天散步，两次散步之间的间隔也越来越长了。终于我们的谈资也日趋减少，最后则陷于枯竭，因为我们两个人虽然性格不同但都是固执己见的人，都在很长时间只习惯于信赖和依靠自己。到了十二月，每周我们只见面一次。我突然无法忍受她身穿黑色羊皮大衣的样子，再也不愿去看这件黑色羊皮大衣。突然她说话的声音我也无法忍受了；可能对她来说也是这样，我的一切也让她无法忍受。真是难以置信，哪怕是最好的关系，如果过度地利用它，也会磨损，最终使其消耗殆尽。每逢我们到了一起，也都相互各不情愿。也都是为了发泄对一切的不满和贬损。我们已有很久没有再谈论舒曼和叔本华了，没有再谈论音乐和哲学，陪伴我们的只有冷漠的抑郁和沮丧，以及因此而产生的对世界的谴责，最终这抑郁和沮丧看起来似乎有气吞山河、横扫一切之势。我们决定不再见面了，可是每当我想到她一个人孤单地待在旅店里，在一个她感到十分陌生的地方，就其本性来说，这个地方只能让她感到惊恐，或者至少让她不得安宁，周围尽是些不会善待她的粗野、愚蠢的人，想到这里我仍然总去旅店看望她，劝说和鼓励她跟我一起到松树林散步，经常是违心地这样做。我突然对这个人感到陌生了，在精神与情感方面她一下子与我相去甚远了。现在她的存在令我生厌，我感到如果她不在的话我则又能工作了，去从事我对抗体的研究了。因此她突然成了我的绊脚石，我便尽量回避与她交往。有一天，我又想去旅店看望她，女店主对我说她已经离开旅店了，搬进公墓和森林后边她的生活伴侣为她建造的房子里了，那房子连一半也没有盖成，可是她已经在旅店待不下去了，从女店主的话里可以听出来，她所以这样做也因为手头拮据。她，女店主，乐意波斯女人离开旅店，因为她早就对这个女人感到厌烦了，波斯女人实际上每天只喝点茶，别的消费一概不再有了，女店主在她身上挣不到钱了。是的，她几乎不停地吸烟，但她不在旅店里而是到外边商店里买烟，她，女店主，称最近以来竟憎恨起这个人物来了，她到最后称波斯女人为"这个人物"。女店主搞不明白，这个人物的丈夫跑了，肯定有他的理由，为什么她还不走呢，这样一些怎么说都是卑贱的外国女人在这个地方到底想干什么呢。她，女店主，认为波斯女人是烂婆娘，虽然她对瑞士先生谈不上有什么更多的了解，但她可以肯定，不管怎么样他拥有健全的理智，这让她对这位先生不无好感，不过，话又说回来，她总觉得莫名其妙，为什么这样一位体面的、有教养的男人会看上像波斯女人这样一个派不上任何用场的人物。只有像我这样堕落的人，天生心直口快的女店主说，才会与像波斯女人那样的人物为伍。在我离开旅店之前，女店主再次把波斯女人叫作见不得阳光的、游手好闲的烂婆娘，我走出旅店朝波斯女人的家走去。等待着我的是如下场景：在前往波斯女人家的半路上，在森林和波斯女人家之间，迎面开来一辆白色救护车，我立即猜想，正面印有红十字标志的这辆车运送的病人是波斯女人。当车子从我身旁经过时，我吃惊地站在那里，通过进一步观察发现，这虽然的确是一辆救护车，但据我推测，这辆车让莫里茨改造成了普通货车，用作运输水泥，车里坐着两名工人，他们显然开车经过了颠簸的石子路和坑坑洼洼的森林沼泽地，我一眼就看出他们处于醉酒状态。我认出这是两个德意志裔人，是莫里茨为自己的建筑工程雇来的，估计是让他们去给波斯女人继续盖房子的。我先前担心准是波斯女人出事了，幸好不是事实。待我来到她的房前，立刻发现这房子的状况惨不忍睹：房子盖了一半，已经因搁置变得满目荒凉，一派衰败景象，一半已被丛生的杂草灌木掩蔽的半成品房子立在沼泽中间，周围飘散着一股难闻的气味。所有窗户外的护窗板都关着，当我敲门时，没有人应声前来开门。我有理由相信，波斯女人在家里，又敲了几遍，终于听到里边有动静了。从这座房子往外只有一个方向没有遮挡，不过从那里也几乎看不到什么，房子周边的四分之三都有树木围绕。墙体由于潮湿已变得发黑，地基尚未全部填埋，看样子建筑工人是突然停止工作的，一些工具还散乱地放在脏兮兮的地上。等了好长时间，波斯女人终于为我开了房门。自然我是不速之客，她没有想到敲门的是我。她以为，驾着那辆由救护车改装成货车的德意志裔工人，回来取他们落下的什么东西。我从她开启的门缝侧着身子走进

126

去，她重新把门关好，我跟在她身后来到她的房间。她蜗居的场所叫作房间显然名不副实。它位于一楼，一看就知道这是这整座房子最小的、最不适宜用作起居的一个空间，波斯女人在地上放置了几张床垫，用一条床单盖着。虽然室内昏暗，几乎漆黑一团，我还是注意到了那疏于呵护的脏乎乎的床单。这里的空气污浊、潮湿，波斯女人把自己裹在一件法兰绒料的睡袍里，上边看不清是污迹还是花纹图形，坐到床垫上，这里唯一的一扇窗户旁有一把沙发椅，她让我在上面坐下。在就座的瞬间，我明显地感到房间里的一切多么破败、缺少照管，的确好像存心让其脏乱不堪。由于室内光线不好，无法看清波斯女人的脸，但是在进屋时我有种印象，她人变得消瘦了，脸色苍白，整个人灰溜溜的没有精神。靠着床头有两张小桌，上面堆放着的都是药，我想全是安眠药。在我端详着小桌上的药盒和她那些至今仍然没有打开的箱子时，她说，她已在这里住两个星期了，她在这两周时间里没有离开过这座房子。她也不打算再从这里离开。她不吃东西，只喝点茶；除了睡觉，她也没有别的愿望。由于她总选用药力越来越强的安眠药，而且药量越来越大，因此暂时入睡没有太大问题，每逢她随后醒来，也是为了再次服药。她用一块灰白色防水亚麻布遮挡着没有窗帘的窗户，我敢断言，很可能在这两周时间里这窗子就没有打开过。她说，她有一个很大的茶叶桶，里边还有大半桶茶叶，有这个就够了。她离开旅馆，因为她无法再忍受那里的人。她厌恶这些人。有时，距今也有好长时间了，她曾想过回波斯，返回故乡。或者去希腊，她有朋友在那里，然而随后她又打消了这些念头。她说，她曾相信从我这里她能获得解救，但我也很让她感到失望。她说我与她差不多，也是一个毫无希望的、实质上完全被毁掉了的人，尽管我在她面前不承认这一点，但她感觉得到，她知道。从这样一个人那里是得不到解救的，她说，相反，这样一个人只能将你更进一步推向穷途末路，推向万念俱灰的境地。她不言声了，过了较长一段时间，她又开口了，但只说了舒曼和叔本华两个名字，我依稀感到她在说这两个名字时脸上带着微笑，然后又长时间地一言不发了。之后她说，她曾拥有一切，见到过、听到过一切，她知足了。她不再想听关于任何人的什么事情了。她所接触的人太让她厌恶了，与人打交道太让她失望了，让她在失望中成为孤家寡人。鉴于她这种情况我能说什么呢，说什么都没有意义了，于是我只是倾听，什么都没有说。她说，在我们一起第二次去松树林散步时，我曾给她阐述过"无政府状态"这个概念，她说，我是第一个这样做的人，且阐述得明确而又坚定。她又说一遍"无政府状态"，只说这个词，然后便哑口无言了。我在松树林和她一起散步时是这样对她讲的，我说一个无政府主义者只是一个实施无政府状态的人，现在她让我想起来当时的情形。她说，无政府状态是注重精神境界的人头脑中的一切，她只不过重复了我的另外一句引语。社会，她说，无论是哪一个，都必须被推翻和废除，这话也是我当时对她说的。她说，现实中的一切比您所描述的更加令人震惊，更加可怕。她说，您的话有道理，这里的人恶毒、粗暴，这是个到处都危及个体、不人道的国家。她说，如同我毫无希望，您也是如此，不管您逃避到哪里。您的科学是荒谬的，任何科学都是荒谬的。您听见您自己了吗？她问道，这一切都是您自己说的。您得承认，舒曼和叔本华再也不能给予您什么了。不论您在生活——您总是喜欢称其为生存——中做了什么，您自然都是失败者。她说，您是一个荒谬的人。我又继续听了一会儿，然后我再也无法忍耐下去，便与她告辞了。当我到了外面，置身于树林之中，耳边还响起她大声对我讲的最后一句话：您别再来看我了，让我一个人待着吧。虽然我内心十分不情愿，但我听从了她的话。我再也没有去看望她。我很久没有再听到关于她的任何消息了。二月初，确切地说是二月十七日，我生日之后的那一天，我偶然在报纸上读到一条使我立刻感到悲戚的、十分古怪的报道：一

129

位来历难以确定的外国女人昨日可能意欲自杀，在米尔地区佩尔格附近，扑倒在载有数吨水泥的大货车轮下。我不由自主地想到波斯女人。想知道究竟，想知道是否让我不幸猜中，显然要去找莫里茨，向他打听情况。莫里茨已经得知这一悲惨消息，但详情他也不知道。十天，或者十一二天之后，他了解到如下情况：一天，波斯女人穿上她的那件黑色羊皮大衣，穿过树林往镇中心走去，在那里登上开往林茨的公共汽车。一切迹象表明她要乘车去林茨，然后再乘火车去佩尔格。她到那里干什么没有人知道。莫里茨说，她到了佩尔格，下了火车走进火车站餐馆，坐下来喝了一杯热茶。她付了款，站了起来，正在这时一辆载有数吨水泥的大货车经过这里，她径自冲进车下。整个人被货车碾得粉碎，惨不忍睹。莫里茨说，他打听到，由于没有人知道她是谁，来自何处，悲剧发生两周后，波斯女人被草草埋在了林茨市公墓的一个竖井式集体墓穴里。他，莫里茨，在波斯女人下葬只过了两周后，向有关的公墓管理处询问，已无法得知具体埋在哪一处墓穴里。在有关当局公布了死者的身份后，莫里茨将此悲剧通知了她的生活伴侣瑞士先生。岂料，这位瑞士先生根本对此未做任何反应。在我离开莫里茨家时，我在楼下莫里茨家前厅看到，挨着莫里茨自己的鼠皮灰冬大衣，挂着波斯女人那件黑色羊皮外套。

130

有关当局把波斯女人这件遗物交给了莫里茨。还有她的那个手包。两天后，我又朝潮湿的草地上那座孤零零的、连一半也还没有盖完就又败落的房屋走去时，突然想起在一次我和波斯女人到松树林散步时曾对她说，现如今有那么多年轻人自杀身亡，这些年轻人迫不得已生存其中的这个社会，完全不理解年轻人为什么会出此下策，我想起来，当时我还直截了当地、以我所独有的肆无忌惮的方式问她，她是否有一天也会自杀，波斯女人听完我的话笑了起来说，是的。

制 帽 匠

现在我知道了，我们许多年甚至数十年从一个人身旁走过，却不知道这人是谁，现在我知道了，我二十年之久从一个人身旁走过，到头来却不知道他是谁。数十年之久，早早晚晚，总在同样的时间从这个人身旁走过。的确，我曾几千次，甚至几万次、几十万次看见过这个男人，而不知道他是谁，自然，我从未跟他打过招呼，也从来没有想跟他打招呼。我也从未想到，这个人跟我住在同一条街上，就隔着一座房子，而且一直住在那里。今天这个人跟我打了招呼，他说："我是制帽匠！"他说，他得知我是律师，便来找我，他的确向我介绍了自己，说自己是制帽匠，我们约好了见面日期，这个人严守时间，准时出现在我的事务所。您的办公室真大呀，他说，真的没有想到。我说，是啊，我的办公室很大，我自己也不知道，为什么我要有这么大的办公室，我说，如今这个时代，以及种种客观情况都需要我拥有一间大的办公室，可能就像这个世界上的一切都具偶然性一样，我说，三十年前也是一个偶然的机会，我搬进了这间大办公室。这个人说，他也是三十年前搬进他现在住的房子，他说，我的房子跟这里中间只隔一座楼房。我们，他说，我们很长时间以来就常常见面。我说，肯定有二十年了，我重复说道，肯定有二十年了；他说，这么多年，我们总擦肩而过，相互都不知道对方是谁，他说，我真的不知道，您在这里办公。我说，自然我也是每天看到您从我身旁经过，可是您就住在附近，与我只相隔一幢房子，我却不知道。我说，您说奇怪不，我是律师，竟不知道只与我隔着一幢楼房住着的人是谁。的确，我说，我总从您的衣着上辨别出您，不是从您的面孔，因为每逢您经过我身旁，我从未看过您的面孔，我总是瞧着从我身旁走过的人穿的衣服，他们衣服的质地，以及他们脚上穿的鞋子和鞋的品质。我的确还从来没有看过您的面孔。这个男子说，但是我很熟悉您的脸，我和您不一样，所有经过我身旁的人，我总是瞧他们的脸，而不在意他们身上穿着什么，什么套装、什么鞋子。他说，但现在，我看到，您的穿着很讲究，律师的穿着都很讲究。我还没见过搞法律的人不讲究穿着的。他说，我穿的衣服马马虎虎，质量也不行。这个人说，您一准儿净去最好的服装店买衣服，去找手艺好的裁缝做衣服，而我只去街头巷尾的便宜店买现成的服装，他说，不过，最近以来这样做变得困难了，我

136

的身体一天天发胖，找到合适的尺码不容易了。他说，过不了多久我就不能再买现成的衣服穿了。他说，虽然我也觉得穿着讲究的人养眼，我也喜欢看那些衣着有品位、有档次的人，但我本人却是一个完全不注重外表的人。这个人说，一个人的服装好还是不好，穿衣戴帽是不是可以邋遢一点，这要看他干的是哪一行。他说，您的职业在那儿了，当然您总得讲究穿戴。我并不知道您是律师，但我第一次见到您的时候心里就想，您肯定是位律师。这绝不仅仅因为您的衣着。说了半天尽是些无关紧要的事情，他说，接着他便言归正传。他说，他要说的事情很特别，不知道从哪儿谈起。我问他，您要讲哪方面的事情？并请他喝点东西，他表示不喝，然后说：怎么说呢，我的事情说它复杂是特别复杂，说它简单也简单得很。我已经说过，我的家离这儿不远，中间只相隔一栋楼房，门牌是七号，我想您这里是九号。我们两个人住处的门牌号只差两个数，可是相互什么都不了解，简直就是一无所知，您说多么奇怪。我是个制帽匠，我想，这一定会让您感兴趣的。就是说，这条街七号是一家帽店，这个店的所有者就是我，我是从父亲那里把它继承下来的，到今天整整二十一年了。帽店的生意一直不错，最近更是买卖兴隆，但是它的生意越好，我的情况就越糟，他说，为什么会这样，接下来我解释给您听。我有一个儿子，他学过做帽子这门手艺，我的父亲让我学会了制作帽子，我也让我的儿子学会了干这一行。我十七岁时已经掌握了制帽技术，我的儿子像我一样，也在十七岁时满师出徒。我儿子脑子好使，天生一个做帽子的灵工巧匠，这个人说，经过我和他共同努力，就把一个普通的帽子铺做成今天远近驰名的精品帽店。我们做的帽子出口世界各地。本城生产的帽子有一半是我们的产品。最著名的人物戴着我们制作的帽子，无论是在英国还是法国，那些受人尊敬的、大名鼎鼎的人，来来往往，头上戴的帽子都是我们的产品。我们加工帽子用的材料是最好的。但是，他说，这些都不是我原本要说的，我到您这里来，不是要告诉您，我们制作的帽子用的是最好的材料，我们的帽店很可能是全欧洲最好的制帽店。比方说如果您走在米兰的大街上，您的确可以看到，那些最高级的帽店里展示着我们的帽子，在伦敦、在巴黎也是如此……更不要说在那些海外国家了……您可以想象，我出外旅行，每到一地首先要做的就是去看帽店……就是说，我不是走进各个帽店，而只是亲自去看一看，我制作的帽子是否陈列在那里……我每年总要在欧洲旅行一次。您可能会想，我这个人必定精神不正常，在欧洲旅行不去参观名胜古迹，而去看一个个帽店，比方说我到了梅斯，下车后便立刻去附近的帽店，到里昂、巴黎、伦敦、格拉斯哥、布鲁塞尔和安特卫普，都是这样……如果我发现橱窗里没有陈列我做的帽子，我就走进店里，问他们想不想经营我做的帽子，说实在的，我还从来没有失望过，人家都表示愿意……您的确可以在全世界都能发现我制作的帽子……他说，但说这些也不是我今天到您这里来的目的。我来拜访您是因为我内心感到异常惊恐，这与我的儿子有关。您不认识我的儿子，他说，虽然就像您每天经过我的身旁一样，实际上也从我儿子身旁走过，因为当您每天从那家餐馆出来时，我的儿子也跟着我走进那家餐馆……像您这位单身汉一样，我和我的儿子也依赖那家餐馆，那里的饭菜并不可口，但到那里吃饭不知不觉就习以为常了……我一再问自己，为什么偏偏去那家餐馆，也许到那里去是荒唐的，可是我们的确每天都到那里去吃饭……后来情况有了变化，他说，两个月来我们没有再去那里，自从我儿子结婚，我们便在家里吃饭了……想必您也发现了，我们之间有两个多月没有再碰面了……但在我看来，我和我的儿子不再去那家餐馆，这个情况并没有引起您的注意……他说，我的儿媳妇下厨房做饭，但这也不是我到这里来要说的，不过我的儿子结了婚，而且照我现在看来，这桩婚姻非常不幸……这就是问题的根源，我的愿望是怎样的呢，我总想，我的儿子要么不结婚，

139

要结婚，那应该是带来幸福的婚姻，可是随着这个儿媳的到来，我们家就交上了厄运……他说，事实就是这样。我三十五年来一直住在店堂的隔壁，就是说我住的房间也在一楼，可是自从这个儿媳进了家门那一刻，我就得从我一直以来住的房间里搬出来，搬到二楼去住，为什么呢，因为我的儿子要扩大经营，把我住的房间也用做店铺，其实我知道，这一切都是他媳妇的主意，这女人是那号经常不知天高地厚、自以为了不起的人……我本来可以拒绝往外搬，不准他们扩大帽店经营，因为这帽店始终是我的财产，应该我说了算，可是不然，尽管这帽店属于我，现在我在我的店里，在我的家里，不能想做什么就做什么了，就这样，我从我一向所住的一楼房间里迁出，搬到了二楼。我在下面住惯了，很难适应二楼的环境，但是我终于还是习惯住在二楼了，并且的确发现了这里有一楼所没有的各种好处。您是知道的，这里的房子一楼潮湿，二楼干爽宜人，在上面住了一段时间，发现我的关节炎好多了，刚搬过来没几天背部疼痛也减轻了，感觉到周身较以前舒展、活泛。二楼上面也比楼下亮堂，可以省下不少照明用电，空气当然也比下边新鲜，噪声也小，这样想着，不久也就习惯了这里的一切，习惯了我以前总憎恨的二楼，逐渐舍弃了我一直喜欢的我在一楼所住的房间。但是，我在二楼待了两

140

个月后，人家又劝我搬到三楼去住，理由是孩子要出世了，一定要我腾出二楼住的房间。拒不服从也无济于事，这个人说，于是我从二楼迁到了三楼。我得承认，我儿子扩大店铺面积，把我在一楼住的房间划入了经营范围，的确使帽店迅速得到发展，生意也越来越火了。现在我的孙儿降生了，我认识到，从二楼搬到三楼已是大势所趋，不可避免的了。三楼比二楼更安静、更干爽。另外，我还发现，三楼的房间很理想，至少当我搬到三楼时，我感觉到，那房间特别合我的心意，高度也适中，无可挑剔。但不久情况就不是这样了，我不得不忍受住在三楼的难处，住那么高，又没有电梯，您是知道的，整个这条街前前后后这些房子都是没有电梯的，上上下下累得很。我总是想，你知足吧，这上面远离一切干扰，环境更加安静，如今，帽店交给了儿子掌管，住在这上面，眼不见心不烦，清静省心，我想，这就是福。忙忙碌碌几十年，个人的一些爱好都耽搁了，现在总算可以来弥补了，比如可以踏踏实实地读书了，可以弹弹钢琴，享受音乐带来的愉悦了，可以随意邀请朋友来做客，可以按自己的意愿随时出门，去听音乐会，或者去看戏，您知道，这座城市每天都有许许多多的文化娱乐活动。就这样，在一段时间里，我过得很滋润、很满意。但是，他说，现在我要讲到事情的关键了，这也是我所以到

141

您这里来的原因。他说，一周前，我一面听他说，一面记录下他说过的和正在说的话，这是我的习惯，我总是把我的当事人说的一切都记录下来，一周前，他说，又来劝我搬家，让我离开三楼搬到四楼去住。我儿子建议我这样做，您知道，我一听就明白了，我儿子说的毫无疑问是他老婆说的话，他说，要我离开三楼，搬到四楼上面去住，因为第四个孩子就要生了，这期间他老婆又给他生了两个。您听听，第四个孩子，他说，这难道不荒唐吗？第四个孩子，这难道不太可怕了吗？不久可能还有第五个、第六个，没完没了……我对儿子说，这么下去怎么得了，势必会有怎样的结果呢，我对他说，是啊，今天的帽店生意很好，前所未有的好，买卖做得红红火火，但不管生意如何，好也罢，不好也罢，四个孩子总归是极其可怕的事情……我说，现在我有孙男娣女四口，怎么说也是太多了，我说，这一大堆孩子……无论我怎样讲，我那儿子就是认识不到事情的严重，我确信，跟他说这些是没有用处的了，他不懂我的话了，他再也听不懂了……我想，我的儿子变成什么了，这个婆娘把你好端端的一个儿子变成什么了啊？几年的工夫，这个婆娘给你的儿子生了四个孩子，把你的儿子变成了一个头脑迟钝的大傻瓜……请您理解我，他说着并站了起来，开始在我的办公室里来回踱步，一个头脑迟钝的大傻瓜，他说，四个孩子和一个大傻瓜……生意再好，店铺再兴旺又有什么用，一切都没有意义……他说，我年复一年地观察着，先是从一楼观察，然后从二楼，然后从三楼观察……现在竟要我搬上四楼。您是知道的，这条街上所有的房子都只有四层……他说，四层上是不适合人居住的呀，您不会不知道我们四楼上的情形，您肯定知道您这栋楼四层上的状况，那些不宜人居住的小房间，低矮狭窄，以前可以安排仆人住在那里，今天连仆人你也不能让人家在那里住了，人家会因为条件太差而跑掉的……但是，他说，他们却让我一个上了年纪的人住到阁楼上去。他们对我说，的确明白无误地对我说，他们明天在阁楼上给我收拾出一个房间，阁楼上根本就没有什么房间，只不过是些又脏又乱的、堆放杂物的角落，他们说，会让人把钢琴也搬过去，把我喜欢的那些画挂到阁楼的墙上……一大清早，我儿子就来到我的房间，向我宣布，我明天就得搬到四楼上去……他们开始在阁楼上搬动家具，推来推去震动得楼板轰隆隆响，我还躺在床上就听到，他们在往给我收拾出来的小房间里搬家具……我儿子说，住在四楼上我一定会感到相当舒适……您想想看，这个人说，听着我儿子讲话，我始终一声没言语，自然，我也没有下去吃早点，在家里见到谁我都一声不吭……我穿戴好了后，便走出家门，在

143

城里溜达了好几个钟点，心里想，我决不会往四楼搬，不上四楼，不住阁楼……然后，我忽然想到要来见您，他说，我想我去找那位律师，也就是来找您说说，我心想，也许这个人能帮助你，这个你二十年来总擦肩而过、从来没有打过招呼的人，这个住处离你家只隔着一栋房子的人……我心里想，你去摁他的门铃，走进办公室，就是说来拜访您，我站在您的房前待了好长时间，最后到底还是摁了门铃……当我走进您办公室时，我一度又犹豫起来，心想到这位律师面前，来向您讲述我遇到的这档子事，没有用处，可是，我终于还是把整个故事都讲给您听了，他说，不是整个故事，当然不是整个故事，讲述整个故事那是不可能的，我觉得是绝对不可能的，不可能把整个故事都讲述出来……每当一个人讲故事，他实际上不是在讲故事，只不过在做些暗示，但那不是讲故事，人们没有讲述的才是故事，如果一个人不讲那原本的故事，他才是在讲故事……他说，讲述整个故事，那将是十分可怕的事情……但我所讲的这些，他说，也足以令人震惊的了，仅仅我跟您所讲的这些就足够了……不过，他说，我现在认识到，我原本不该到您这里来，摁门铃，走进来，都是错误的，要是我继续在城里再转悠几小时就好了……就不会打扰您了……一个处在绝望中的老人，您又怎样能帮助得了，其实我也

144

总一再对自己说，你不要去找律师，找律师无济于事，结果只能是让你感到绝望，更加让你绝望……到您这里来拜访您，真是荒唐……实际上对于我所讲的这一切您也一点办法都没有……一切对于像我这样一个人，都是最微不足道的，哪怕这一切都是致命的，他说，又在我办公桌前来回走了一会儿，然后说：把账单寄给我。您整个时间都在听我讲，足有一个多钟头了，您肯定会获得一笔很高的酬金，他说，一笔很高的酬金……他说，也许我还会到那家餐馆去的，我有个请求，如果我们每天又在进出餐馆时碰见了，他说，请您一如既往，好像我们相互不认识，好像我没有拜访过您……我本人一定会装作好像我根本就没有找过您……人们做的事情，很多都是错误的，他说，几乎人们做的一切都是错误的，如果深思熟虑地动脑子想，人们所做的一切都是错误的。但是，他说，可能不幸特别看好我这个人。请您，他说，就把我当作一段插曲吧，权当您听了一个故事，请您把我忘掉吧，但不要忘记把账单寄给我。如果您需要一顶新帽子，他说，我们随时听您吩咐。最好的帽子是最轻盈的，他说，戴在头上应该是感觉不到的，绝对感觉不到的……两天后，报纸报道一个男子，从四层阁楼的一间小屋里一头栽下来自杀身亡。自杀者是个制帽匠。

在实现了自我之后——代译后记

　　我翻译完《波斯女人》这本书，老实说，一时间无法明确说出自己的感受。这是一个充满了矛盾、甚至悖论的故事，这里讲的是爱情吗？讲的是婚姻和家庭吗？看起来是，实际上又都不是。在《波斯女人》里，一个出身于名门望族，有非凡才能、有远大志向、有丰富社会资源的波斯女人，邂逅一个大她十岁、来自瑞士偏僻小镇的理工男，就当机立断与其生活在一起。波斯女人爱他吗？不，相反甚至对他很反感，但是她在这位瑞士青年身上发现了一个男人所拥有的、可以成就宏图伟业的潜质，于是波斯女人决心放弃自己的一切，以毕生的精力全力以赴培养和提携这位瑞士青年，以此达到实现自我的目的。这位青年其实是一个目光短浅、意志薄弱的人，深知靠他自己他的天资会荒废，会被埋没，因此，当他遇到仿佛是专门为开拓和发展他的天资而到这个世界上来的、雄心勃勃的波斯女人时，便心甘情愿地与她结合，他们两个人决心不谈婚论嫁，而是心无旁骛，瑞士青年事业的发展，就是他们共同生活

147

的内容。波斯女人的生活伴侣没有辜负她的不懈努力，终于成为闻名世界的发电站建筑师，四十年里建成四座举世瞩目的大型发电站，荣幸地在每次落成仪式上与相关国家的总统握手，这时，站在他背后的波斯女人内心充满了成功的喜悦。但是她的这种幸福和满足并没有持续多久，功成名就的瑞士发电站建筑师开始憎恨身边这位不惜牺牲自己专业大好前景、引导他走向事业顶峰的波斯士女人，他无法原谅这个女人以他的事业发展赌她的人生，他要报复他已不再需要的、年近六十的波斯女人。他在奥地利购置了一处极端不宜居住的地产，在几乎是沼泽地上建造一处水泥房屋，没有像样的道路与外界相通，工程刚进行了一半瑞士发电站建筑师就不见了，把波斯女人孤零零地扔在了潮湿、破败、荒凉的烂尾楼房里。瑞士人明目张胆报复波斯女人，惩罚她，让她为倾其毕生精力在他身上所做的实验承受恶果。他为什么恩将仇报？因为他感到在波斯女人面前失去了自我、失去了尊严吗？孤独、沮丧、抑郁、衰老的波斯女人最终意识到，归根到底，她是个失败者，一个有杰出成就的失败者，她活该有这样的下场。虽然想到她经历过、拥有过的一切，可以使她聊以自慰，但与人打交道太让她失望了，她想象不到人心何以如此丑陋和恶毒。现在她仿佛蜷缩在水泥棺里，看不到生活下去还有任何意义，哀莫大于心死，最终，她冲到大货车轮下结束了自己的生命。

读了这个故事让人心中感到悲凉。波斯女人实现了自我是否同时也丧失了自我？瑞士发电站建筑师事业的成功却使他偏离道德准绳，竟然居心叵测地图谋毁灭他生命中的贵人。怎样才能正确地实现自我的价值？

如果说《波斯女人》着眼的是男女生活伴侣之间的关系，那么短篇《制帽匠》则是父子间亲情的崩塌，儿子的自我实现导致父亲坠楼的悲剧。

没有友情、亲情和爱情，即使实现了自我，人生也没有意义和幸福可言。想起歌德在他的诗歌《神性》中写道："祝福世人高尚／善良，乐于助人！／因为仅此就足以／让其区别于／我们所知道的／一切生灵。"诗人如此强调的高尚、善良、乐于助人的品德，的确这些是使人心灵安宁，世界和谐的前提。

小说人物形象生动，《波斯女人》主人公总是身着领子高高竖起的黑色皮大衣，把全身严实裹了起来，仿佛不这样就无法生存，可以感觉到她的内心多么寒冷。精明干练的瑞士先生看过无数地产，竟然对一处十几年无人问津的、条件极其不利的地块一见钟情，不容分说立刻签订购买合同。地产中介提醒他注意负面的自然状况，他说几十年让晴朗和阳光折磨得痛苦不堪，特别渴望潮湿和阴冷。地产中介莫里茨认为没有房产者其实不是人，他的任务就是将这些不算是人的人变成人，因此与客户打交道不完全是金钱交易。小说中的讲述者"我"开始认为终于遇到了波斯女人这样一位与自己在哲学和音乐方面有共同语言的谈伴，有助于他最终摆脱彷徨和抑郁，然而他在她那里清楚地看到了自己，他和她都是失败者，都是被毁掉了的人，无论叔本华还是舒曼都无法拯救他们，他们更无法相互拯救，他只能束手无策地等到了她自杀的消息。《制帽匠》中伴随着儿子事业的成功，父亲的住处步步提升，从一楼搬到顶层，在高高的四楼他仿佛跌入深渊，于是飞身往下结束了生命，也结束了这个黑色幽默故事。

第一篇小说最初的名称是《波斯女人》，后来发表时改为《是的》，中译本恢复原名。

本书的两篇小说多年前曾发表过，此次再版做了多处修订。

马文韬

2025 年春于芙蓉里

托马斯·伯恩哈德生平及创作

1931 托马斯·伯恩哈德生于荷兰海尔伦。母亲赫尔塔·伯恩哈德与阿洛伊斯·楚克施泰特未婚怀孕。赫尔塔于1930年夏离开奥地利，到荷兰打工做保姆，1931年2月9日生下托马斯。操木匠手艺的生父不承认这个儿子，逃脱责任去了德国。这年秋天，母亲将托马斯送到维也纳她父母家里。

1935 外祖父母迁居奥地利萨尔茨堡州的泽基尔兴，外祖父约翰内斯·弗洛伊姆比希勒是位作家，很喜欢托马斯这个外孙。

1936 母亲赫尔塔与理发师埃米尔·法比安在泽基尔兴结婚。

1937 继父法比安在德国巴伐利亚州找到工作，母亲带托马斯随后也到了那里。

1938 生父楚克施泰特与他人结婚。母亲生下彼得·法比安，托马斯的同母异父弟弟。

1940 母亲生下苏珊·法比安，托马斯的同母异父妹妹。

生父楚克施泰特在柏林自杀。

1941 母亲与托马斯不睦，托马斯作为难以教育的儿童被送到特教所。

1943—1945 在萨尔茨堡读寄宿学校，经历了盟军对萨尔茨堡的轰炸。

1946 法比安一家被逐出德国，移居萨尔茨堡。一大家人包括外祖父母，挤在拉德茨基大街两居室单元房里。托马斯读高级中学。

1947 托马斯辍学，在萨尔茨堡贫穷的居民区一家位于地下室的食品店里当学徒。

1948—1951 托马斯患结核性胸膜炎，后来加重发展成肺病，在多处医院住院治疗，在寂寞、无聊，甚至绝望中，他开始了阅读和写作。

1949 外祖父去世。

1950 结识斯塔维阿尼切克医生的遗孀——比他大三十七岁的黑德维希·斯塔维阿尼切克女士，她直至1984年逝世始终支持伯恩哈德的文学活动。通过这位居住在维也纳的挚友，正在开始写作的伯恩哈德接触了奥地利首都的文化界。伯恩哈德在他的散文作品（亦称小说）《维特根斯坦的侄子》中借助主人公"我"说，"我有我的毕生恩人，或者说我的命中贵人，在外祖父去世后她是我在维也纳最重要的人，是我毕生的朋友……坦白地讲，自从她三十多年前出现在我身旁那个时刻起，可以说我的一切都归功于她"，这就是伯恩哈德对这位女士的评价。伯恩哈德的母亲去世。

1952	发表文学创作处女作：诗歌《我的一块天地》，刊登在《慕尼黑信使报》上。
1952—1955	通过著名作家卡尔·楚克迈耶的介绍，担任萨尔茨堡《民主人民报》自由撰稿人。与斯塔维阿尼切克女士一起到意大利威尼斯、南斯拉夫等地旅行。
1955—1957	在萨尔茨堡莫扎特音乐学院学习声乐和表演。
1957	发表第一部著作：诗集《世上和阴间》。
1960	参加戏剧演出。
1963	散文作品《严寒》由德国岛屿出版社出版，引起德语国家文学评论界的注目，报界认为这是文学创作一大重要成就。到波兰旅行。
1964	发表短篇《阿姆拉斯》。获尤利乌斯·卡姆佩奖。
1965	在上奥地利州的奥尔斯多夫购置一处旧农家宅院，后来又在附近购置两处房产，整顿和装修持续了几乎十年。由于伯恩哈德的身体状况，医生要他经常去欧洲南部有阳光和空气清新的地方，实际上他很少住在奥尔斯多夫这一带，但是这些地方成为他作品里人物活动的中心。获德国自由汉莎城市不来梅文学奖。
1967	发表长篇《精神错乱》。获德国工业联邦协会文化委员会文学奖。由黑德维希·斯塔维阿尼切克女士资助，伯恩哈德住进维也纳一家医院治疗肺病。从此黑德维希伴随伯恩哈德经历了他生活中的喜怒哀乐。她成为伯恩哈德生活的中心，反之亦然。在《历代大师》中，主人公雷格尔回忆妻子的许多话语反映出伯恩哈德与她之间的关系。

1968	发表散文作品《翁格纳赫》。获奥地利国家文学奖和安东·维尔德甘斯奖。
1969	发表散文作品《玩牌》、短篇集《事件》等。
1970	第一个剧本《鲍里斯的节日》由德国著名导演克劳斯·派曼执导，在汉堡话剧院首演，之后德语国家许多知名剧院都将该剧纳入演出计划。后来派曼应邀到维也纳执导多年。伯恩哈德的杰出戏剧成就在某种程度上得益于这位导演的艺术才华。同年发表散文作品《石灰厂》。获德国文学最高奖毕希纳奖。
1971	到南斯拉夫举行朗诵作品旅行。发表散文作品《走》和电影剧本《意大利人》。
1972	由派曼执导的《无知者和疯癫者》在萨尔茨堡艺术节首演，由于剧场使用方面的一个技术问题与萨尔茨堡艺术节主办方发生争执，该剧被停演。获弗朗茨·特奥多尔·乔科尔文学奖和格里尔帕策奖。退出天主教会。
1974	戏剧作品《狩猎的伙伴们》在维也纳城堡剧院上演。《习惯的力量》在萨尔茨堡艺术节上首演。获汉诺威戏剧奖。
1975	自传性散文作品系列第一部《原因》问世。戏剧作品《总统》首演。发表散文作品《修改》。
1976	戏剧作品《著名人士》《米奈蒂》首演。发表自传性散文作品《地下室》。获奥地利联邦商会文学奖。萨尔茨堡神父魏森瑙尔把伯恩哈德告上法庭，指控《原因》中的人物弗朗茨是影射他，玷污了他的名誉。

1978	发表剧本《伊曼努尔·康德》、短篇集《声音模仿者》、散文作品《是的》(即《波斯女人》),以及自传性散文作品《呼吸》。
1979	伯恩哈德以戏剧作品《退休之前》参加关于德国巴登-符腾堡州州长是否具有纳粹背景的讨论。在联邦德国总统瓦尔特·谢尔被接纳进德国语言文学科学院后,伯恩哈德宣布退出该科学院,不再担任通讯院士。
1980	德国波鸿剧院首演《世界改革者》。
1981	戏剧作品《到达目的》首演。发表自传性散文作品《寒冷》。
1982	发表长篇散文作品《水泥地》《维特根斯坦的侄子》,以及自传性散文作品《一个孩子》。戏剧作品《群山之巅静悄悄》首演。
1983	散文作品《沉落者》问世。
1984	戏剧作品《外表捉弄人》首演。发表散文作品《伐木》引起麻烦,由于盖哈德·兰佩斯贝格声称名誉受到该作品诋毁而起诉了作者,该书被警方收缴。翌年兰佩斯贝格撤回起诉。进入1980年代,黑德维希·斯塔维阿尼切克健康状况变坏,1984年病故,在维也纳格林卿公墓与其丈夫埋葬在一起。
1985	发表长篇散文作品《历代大师》。萨尔茨堡艺术节上演《戏剧人》。
1986	戏剧作品《就是复杂》在德国柏林席勒剧院首演。萨尔茨堡艺术节上演《里特尔、德纳、福斯》。发表篇幅最长的、最后一部散文作品《消除》,一出

奥地利社会的人间戏剧，主人公的出生地沃尔夫斯埃格成为奥地利历史的基本模式。

1987	发表剧作《伊丽莎白二世》。
1988	由派曼执导的伯恩哈德的话剧《英雄广场》提醒人们注意50年前欢呼希特勒的情景并没有完全成为过去，由于剧情提前泄露引起轩然大波，奥地利第一大报《新闻报》抨击该剧"侮辱国家尊严"，某位政治家要求开除剧本作者的国籍，部分民众威胁作者和导演当心脑袋，演出推迟三周后才冲破重重阻力，于11月4日在维也纳城堡剧院首演，演出盛况空前，引起欧洲乃至世界的关注。
1989	2月10日伯恩哈德在遗嘱上签字，主要内容是在著作权规定的70年内禁止在奥地利上演和出版他已经发表的或没有发表的一切著作。由于长期患肺结核和伯克氏病，并出现心脏扩大症状，加之呼吸困难和心力衰竭，2月12日伯恩哈德在上奥地利州的格蒙登逝世。2月16日遗体安葬在维也纳格林卿公墓，与其命中贵人黑德维希·斯塔维阿尼切克女士及其丈夫葬在一起。

文景

社 科 新 知　 文 艺 新 潮

Horizon

波斯女人·制帽匠

［奥地利］托马斯·伯恩哈德　著

马文韬　译

出 品 人：姚映然
责任编辑：高晓明
营销编辑：高晓倩
装帧设计：邵年@公共劳动 Public Labour

出　　品：北京世纪文景文化传播有限责任公司
　　　　　（北京朝阳区东土城路8号林达大厦A座4A　100013）
出版发行：上海人民出版社
印　　刷：山东临沂新华印刷物流集团有限责任公司
制　　版：南京展望文化发展有限公司

开 本：787mm×1092mm　1/32
印 张：5　字 数：87,000　插 页：2
2025年6月第1版　2025年6月第1次印刷
定 价：59.00元
ISBN：978−7−208−18502−9 / I·2107

图书在版编目（CIP）数据

波斯女人·制帽匠 /（奥）托马斯·伯恩哈德
（Thomas Bernhard）著；马文韬译. —上海：上海人
民出版社，2023
　　ISBN 978−7−208−18502−9

　　Ⅰ.①波… Ⅱ.①托…②马… Ⅲ.①中篇小说−小
说集−奥地利−现代 Ⅳ.①I521.45

中国国家版本馆CIP数据核字（2023）第156593号

本书如有印装错误，请致电本社更换　010−52187586

社科新知　文艺新潮　｜　与文景相遇

| 微信公众号 | 微　博 | 豆　瓣 |

| bilibili | 抖　音 | 小红书 |